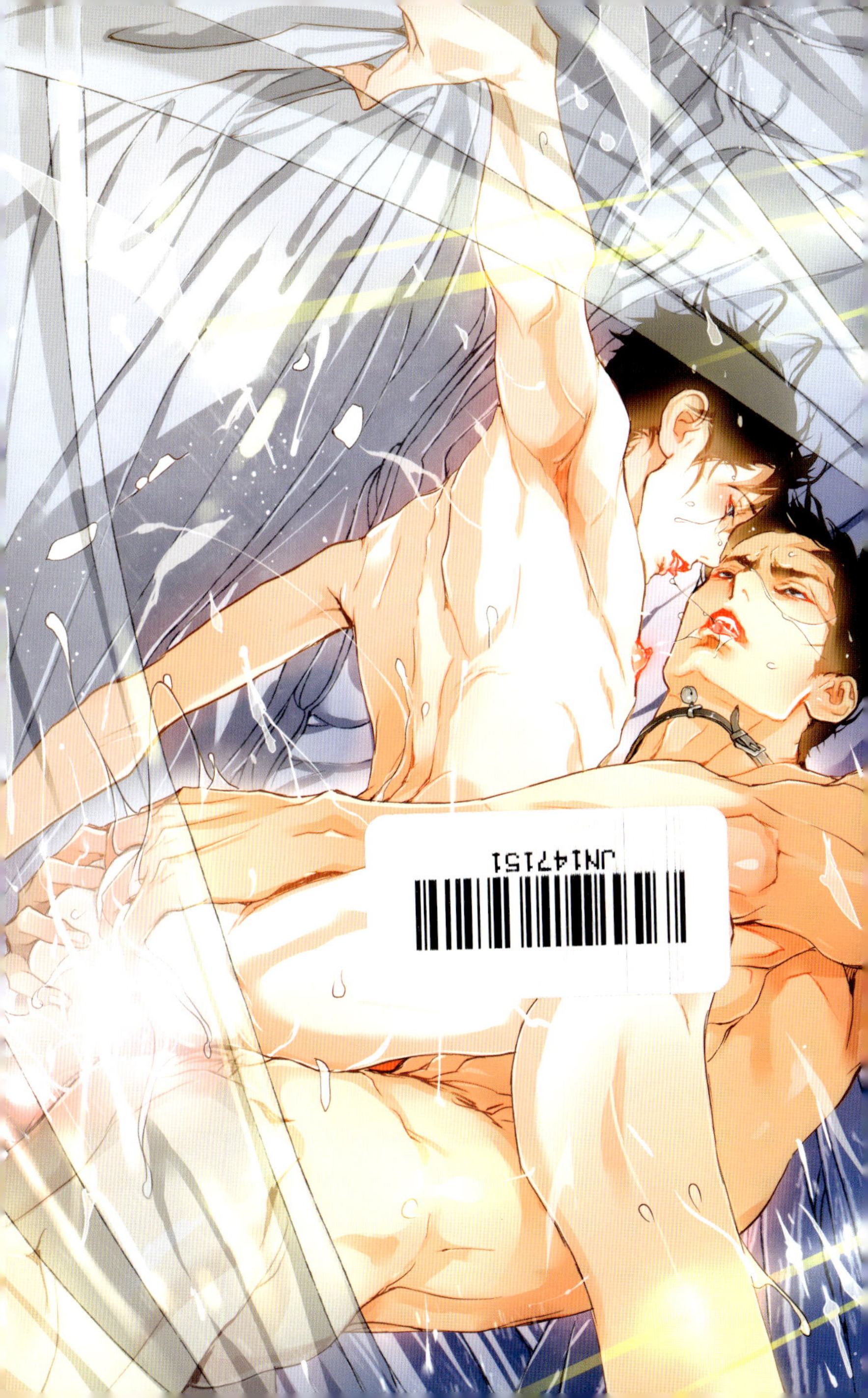

曉の蝶

四ノ宮慶
Kei Shinomiya

Contents

カバー・口絵イラスト　笠井あゆみ

暁の蝶

プロローグ

黒塗りの外国産車は無駄に目立つといった理由で、紅龍会四代目・剣直嗣《つるぎなおつぐ》は組で使用する車をすべて国産のセダンに替えさせた。

といっても、窓には特殊な防弾ガラスを使用し、暗黒色のフィルムで車内の様子が分からないようになっている。

「――以上が、先月の収支報告になります。ノルマ達成できなかった部署とその責任者には、すでに厳重注意と指導を行いました」

首都高速道路の渋滞に巻き込まれたセダンの車内で、剣は秘書という肩書きの会長補佐・本山《もとやま》から、系列フロント企業の事業報告を聞いていた。

関東一円で《妖怪》と恐れられた三代目・佐藤《さとう》翁が急死し、剣が四代目を襲名して二年が過ぎていた。

先代・佐藤翁は昭和のヤクザ映画を彷彿とさせる武闘派且つ、我欲の塊のような男だった。拝金主義であり快楽主義でもあった彼は、己の欲望のためにありとあらゆる手段を講じ、紅龍会を日本でもっとも巨大で凶悪な暴力団組織へ育て上げたのだ。

しかし、佐藤翁が不慮の事故で亡くなった後、四代目を継いだ剣は組の方針を一変させた。

佐藤翁は警察関係者はもちろん、財政界の重鎮らを賄賂や恐喝によって思うがままにしてきたが、剣はそれらの縁をすべて断ち切った。そして、薬物取引や違法性サービス店など、裏金の収入源となっていたシノギから、すべての系列下部組織に手を引かせたのだ。

結果、紅龍会はその勢力範囲を、先代の頃から三分の二までに狭めることとなった。

一見すると弱体化したかに見えるが、その実、紅龍会が得る収益はじわりと右肩上がりとなっている。

「来月までに売り上げが向上しない地区からは撤退させろ。ただし、人員の解雇はするな。再教育を受けさせて、成績上位店に配置換えするんだ。そこでチャンスを与えて、それでも駄目ならクビを切れ」

剣が抑揚なく告げると、助手席から本山が不満げな視線を寄越した。

「そんな悠長なやり方でいいんですか？」

紅龍会会長として日々走り回る剣には、系列フロント企業の会長という肩書きも付随する。性産業から金融、不動産や飲食業にＩＴ系など、ありとあらゆる業種に及ぶ系列フロント企業の収益が、現在の紅龍会の懐を潤していた。

「適材適所という言葉がある。適性テストから判断して配置を決めているが、それだけでその人間に合った場所とは限らない。人間関係もあるしな。二度目までは猶予を与える。それでも改善が見られないなら放り出せ。組織に無益な人間の面倒を見てやることはない」

一般企業を装ってはいても、ヤクザはヤクザだ——という言葉を、剣はあえて呑み込んだ。

「では、研修後にもう一度適性テストを受けさせて、業種関係なく配置という方向でいきます」

「ああ、頼んだ」

小さく頷いて、剣は収支報告書に落としていた目を見開いた。

——ほう。

視線の先には、とある下部組織が経営する性サービス店の収益が記されている。他の同じような店とかけ離れた金額に、剣はほくそ笑んだ。

「相変わらず、《蝶》は繁盛しているらしいな」

「先代の時代からそのまま残した組は、あそこだけでしたね。最初は会長が何を考えているのか分かりかねましたが、この収益を見越してのことだったんですね」

本山が感心した様子で言うのを、剣は無言で聞いていた。

先代の昔ながらの極道色が色濃く根づいていた紅龍会を、剣は四代目襲名とともに再構築した。その際、先代の息のかかった組織は尽く破門か除籍、もしくは血判を差し出させた上で下部組織に合併し、また、剣の方針に納得できない者も排除していった。

剣は徹底的に、そして容赦なく、佐藤翁の色を紅龍会から消し去ったのだ。

しかし、ひとつだけ、先代に重用されていた下部組織を、手を加えることなく残していた。

「高級ＳＭ倶楽部『Butterfly』。椎崎《しいざき》組はこの店の直営のみでこれだけの収益を上げているんですから、本当に……大したものです」

本山が感嘆の吐息を漏らす。

「店じゃない……。《蝶》がほぼ一人で、稼いでいるようなものだ」

報告書の紙面をピンと指で弾いて、剣が小さく呟いた。

「ああ……、一晩に客は一人しかとらない。しかも、指名料が最低三〇〇万とか……。その筋じゃ有名だそうですね。私にはまったく興味もないですし、理解もできませんが」

関東最強とも言われる紅龍会会長の秘書でありながら、細面のうりざね顔というおとなしげな容貌の本山が、呆れた様子でそう言った。


椎崎組は組長の椎崎胡蝶《こちょう》以下、構成員はほんの数名という小さな組織だ。

佐藤翁はどこからともなく拾ってきた胡蝶を、当時の若衆頭を務めていた椎崎組組長と養子縁組させ、椎崎姓を名乗らせた。

佐藤翁と親子盃を交わし、何かと重用された椎崎胡蝶だが、その出自や年齢はもちろん、本名も明らかにされていない。そして佐藤翁が亡くなった今、胡蝶が何者であるかを知る者は、紅龍会にはいなくなってしまった。

ひと言で言うと、眉目秀麗——いや、紅顔可憐といった方が彼にはふさわしい。

欠点などひとつもない整った容貌。

大きな黒い瞳と、スッととおった鼻筋。ほんのりと赤みを宿した肉厚の唇に、女が嫉妬に狂いそうなほど真っ白く透きとおった肌。

ほっそりとして、だが適度に肉のついた肢体には余分な脂はもちろんなく、手足の指の爪まで神が創り上げたと思うほど理想的な形をしていた。

輝くばかりの美貌を包み込むように腰まで伸ばされた髪は、墨で染めあげ、その上から漆を塗ったように艶やかだ。

この見目麗しい少年——年齢は不明だがそう見える——を、佐藤翁は愛玩人形としてことのほか好んで愛した。

胡蝶は佐藤翁の寵愛を一身に受けることで、紅龍会での地歩を固めることに成功したのだ。

しかも、胡蝶は組織内の権力争いにまったく興味がなかった。紅龍会そのものに興味がなかったといってもいい。

ヤクザだろうが自分の地位が何であろうが、佐藤翁のそばにいられればそれでよかったのだ。

胡蝶が佐藤翁に重用された理由は、その容姿が整っていたという点だけではない。

美しい肉体に宿った精神のしたたかさが、佐藤翁の異様な欲望を満たすに適した逸材だったからだ。

佐藤翁には、異様という言葉では言い尽くせない加虐趣味があった。サディズム——と、簡単に言ってしまうには常軌を逸する性嗜好は、単なるＳＭプレイの範疇に収まらない。

佐藤翁に見込まれてしまった哀れな少年が、過去に何人も心身を破壊され、呆気なく捨てられてきた。

しかし、胡蝶は違った。

与えられる仕打ちに喜悦の表情を浮かべながら、痛みをすすんで受け入れた。

精神は壊れるどころかより研ぎ澄まされ、肉体が酷く傷つけられれば傷つけられるほど、胡蝶は歓喜にうち震え、佐藤翁を喜ばせたのだった。

目を背けるような暴力によって満身創痍となった身体を、胡蝶は自ら高額を投じて治療し、再び妖怪の前に差し出した。

まるで、まだ足りない……もっと痛めつけてくれとばかりに……。

すなわち——。

胡蝶は佐藤翁の加虐趣味と対となる、被虐趣味を備えていたのだ。

美しい自分を傷つけられることに、この上ない興奮を覚える胡蝶。

痛めつけられ、血反吐を吐きながら、ペニスを勃起させる。

そんな醜い欲望を、胡蝶は持て余して生きてきた。

佐藤翁に拾われたことで、胡蝶は自分の生きる道を見つけ、この世に生を受けた喜びをようやく実感できたのだ。

だが、胡蝶が水を得た魚のように悠々自適でいられたのは、ほんの短い期間だけ——。

佐藤翁が急死し、剣が四代目を襲名した途端、胡蝶の立場は急転した。

そのときはじめて、胡蝶は己のゆく末を案じ、不安に苛まれた。

除籍されるのは構わない。

だが、被虐に飢える身体を満たせなくなることだけは、どうしても受け入れられなかった。

佐藤翁の寵愛著しかった自分や椎崎組を、剣は当然切り捨てるに違いない——。

胡蝶はそう確信していた。

現に、剣は襲名披露の席で、かつて幹部だった組長たちを尽く排除していったのだ。

その現場を目の当たりにして、胡蝶は意地でも紅龍会に残ろうと決意した。

何故なら、一歩間違えれば死に至るほどの快感は、カタギの世界では絶対に得られない。

自分の欲望を思うまま満たす場所を手放さずにいられるならばと、胡蝶は剣に提案したのだ。

椎崎組の縄張りはいらない。

構成員もいらない。

代紋すら捨てても構わない。

もとから派閥争いにも、権力を手にすることにも興味のない胡蝶は、ただひたすら自分の欲望を満たすこと、その居場所だけに執着した。

『剣さん、俺はアンタの邪魔はしない。気持ちよく生きたいだけなんだ』

自分が剣の命や地位、紅龍会に仇なす人間ではないと主張するとともに、胡蝶は紅龍会の傘下で自分の生きる場所を保証してくれと申し出た。

その代わり、自分が生きている限りは、紅龍会への上納金を約束する。どんな手を使ってでも、他の組織や系列企業に劣らない収益を、必ず上げてみせる――と。

胡蝶にしてみれば、一か八か、背水の陣たる気持ちで示した提案だった。

一笑に付し、呆気なく切り捨てられて当然と覚悟したが、剣は思いのほか呆気なく、胡蝶の提案を受け入れ、椎崎組をそのまま残してくれた。

『お前なりの極道とやらを、見せてみろ』

剣は胡蝶の被虐趣味をよく知っている。

そして、激しく嫌悪もしていた。

だからこそ、胡蝶は剣の思惑を計りかねた。

『ただし、お前の生きる世界は一カ所だけ。そこから出ることは、俺の許しが出たときか……屍となったときと心得ろ』

剣の冷ややかな言葉に、胡蝶は不覚にも身体の芯を疼かせた。

そして、思ったのだ。

剣の思惑がどうあろうが、関係ない。

またあの比類なき快感を、死にも似た絶頂を手に入れられるなら、ほんの限られた世界で生きることなど苦にならない。

そうして胡蝶が手にしたのは、新宿の片隅に建つビル一棟だった。

椎崎組がこのビルで経営する高級ＳＭ倶楽部『Butterfly』が、胡蝶が手に入れた唯一無二の楽園だった。

一

石造りの牢獄に見立てた部屋で、手錠と足枷で拘束された白い肢体が蠢く。まだどこか幼さの残る身体は小さく震えていた。

「あぁ……ん」

華奢な白い身体が蠢くたび、伽羅が匂い立つ。

両手足を縛める手錠と足枷は、それぞれ鎖で壁と床石に繋がっていた。そうやって大の字に壁に張りつけられた身体には、数多の擦過傷や鬱血の痕が見られた。

白くすべらかな肌を散々に傷つけられているというのに、その股間は歓喜にうち震え、先走りの雫を滴らせている。処理されたのか、それとももとからそうであるのか、白い下腹に陰毛は生えていない。勃起したペニスから溢れた先走りは幹を伝い落ち、そのまま袋の後ろまでをしとどに濡らしている。

「きれいだよ……お前の白い肌は、本当に……まるで人形のようだ……」

上擦った声が、石造りの部屋に響く。

「ふぁ……っあ」

壁に設えられた燭台の蠟燭がちろちろと小さく揺れるたび、縛めを受けた裸体が薄闇の中に妖しく浮かびあがった。

勃起したペニスにはコックリングが装着され、簡単に射精できないようになっている。赤く熟れた木の実のような乳首は、プラチナのニップルピアスで飾られていた。繊細な細工が施された小さな器具には、きらきらと輝くゴールドのチェーンが乳輪に沿うように半月を描いて垂れ下がり、そこに円筒分銅が吊り下げられている。赤く充血した小さな突起が分銅の重さで下へ引っ張られ、限界まで表皮が引き延ばされていた。

「はぁ、あぁ……」

かすかな喘ぎを漏らし、少年を思わせる容姿をした青年が乾いた唇を赤い舌で潤す。

目を背けたくなるような苦痛を強いられているというのに、青年は恍惚の表情を浮かべ、熱い吐息を吐くばかり。

「こんなに小さな尻をしているくせに、……ココはとんだ大喰らいときている」

白髪交じりの髪を打ち振って、初老の男が下卑た笑みを浮かべた。

拘束された裸体の側面にしゃがみ込むと、男は皺だらけの手で乗馬用の短鞭を持ち、先端の平たい革の部分で赤く腫れた尻をそろりと撫で上げる。

すでに何十回と鞭を受けた小振りの尻は、まさに桃のように熟していた。

「何が欲しいか、言ってごらん。うまく言えたら、ご褒美をくれてやる」

「はぁっ……はぁぁっ……あ、はやくっ……挿れて……いっぱいにして……早くぅっ！」

壁に凭れかかった背中は、尻と同じように無数の鞭打ちの痕が残っている。背中に刻まれた蚯蚓が這ったような赤い線や、紅葉が散ったような鮮やかな痣は、目を瞠るほど白い肌に映え、まるで化粧を施したようだ。

だが、その美しくも禍々しい傷痕は、今は誰の目にも触れない。

墨を流したような艶やかな黒髪が、幼気で未成熟な体躯を覆い隠しているからだ。

青年は豊かな黒髪を、後頭部の高い位置で紙縒を使ってひとつにまとめ、その上から玉虫色に光る絹の組紐で飾っていた。

「言えっ……胡蝶！　言わない限り、お前の欲しいものは絶対にやらんからなっ！」

男が欲情に血走った目を爛々と光らせて、汗とうっすら血の滲んだ白い腿をべろりと舌で舐め上げた。

「あぁ……っ！　いや、いやだっ！　もっと嬲って！　打って……！」

黒ずんだ不健康そうな舌が腿の裏を舐めるたび、胡蝶と呼ばれた青年は小さな尻を揺らして悲鳴をあげる。

腰が前後左右に揺れると、張り詰めんばかりに勃起したペニスがプルンと跳ね、コックリングの締めつけを強くした。

先走りがペニスの先端から小さく跳ねとんで、石畳の床を汚す。

すると、まるで先走りの成分に伽羅でも含まれているかのように、芳香で濃密な香りが室内に満ちた。

「ああ……？　鞭が欲しいのか、胡蝶？　だったらそう言え！　それとももっと違うものが欲しいのか？　俺に言わせようなんて思うな。ちゃんと自分で欲しがってみせろ！」

男の左手が、勃起して切なげに涙を零す胡蝶のペニスをやんわりと掴んだ。そうして、根元をゆるゆると申し訳程度に扱いてやる。

「はぁ……っ！　そんなのは……いやだっ！　もっと痛くして……痛く……メチャクチャにして……っ！」

涙に濡れた大きな瞳が、男を見下ろして乞い願う。

「ひひっ……痛いのが、欲しいのか？」

醜悪に歪んだ笑みを浮かべたまま、初老の男は胡蝶の表情を窺いながらじわじわと左手に力を込めていく。

「く……あ、あ……ぃいっ！　も……っと、もっと……強くっ、……潰して……お願いっ……握り……潰してっ！」

男が皺だらけの手をコックリングに締めつけられた根元からさらに下へそっと移動させたかと思うと、先走りで濡れた陰嚢をきつく握り締めた。

「ぅあ……あぁあ……ひぁっ……い、いいっ……いいっ……つぶ……れるっ」

「ふたつのタマが、コロコロと転がって……袋の中で、逃げ回っておるわ」

男が恐怖と快楽に喘ぐ胡蝶の痴態を見上げ、満足げに目を細める。

「ココを……ぎゅっと握ったら、どんなに気持ちがいいだろうなぁ。なあ、胡蝶？」

「――――ッ！」

その痛みと快感を想像して胡蝶が絶句した瞬間、男が手に力を込めた。

「アッ」

縮み上がった陰嚢を完全に握り潰された瞬間、胡蝶は開きっ放しになった口唇の端からだらしなく涎を流した。

「あ、ああ……っ。はぁ……あ、ああ……っ」

派手な放出を許されない代わりにとばかりに、戦慄く唇から涎を延々と垂れ流し、恍惚の笑みを浮かべて喉を喘がせる。

「おい、勝手にイクなっ！　誰がイッていいと言った！　この淫売がぁ……っ！」

胡蝶の変化に激昂した男が、やにわに立ち上がり鞭を振るう。

「ひあっ……！　あ、あぁ……っ！」

射精をともなわない絶頂に痙攣を引き起こした胡蝶を、男が激しく鞭打つ。肋骨の浮いた腹や、腰骨、腿に肩に、美しい顔にも、容赦なく鞭を与えた。

「ふざけるなっ！　欲しいものもちゃんと言えない木偶の坊が、ドライなんて贅沢なイき方をしていいと思っとるのかっ！」

男は額に汗を浮かべ、まるで何かに取り憑かれたかのごとく鞭を振るう。趣味の悪いトランクスだけを身につけた股間はすっかり勃起していた。しかも、浅ましい染みまでこしらえている。

「あはっ……あ、すご……凄いっ……ああ、イク……また……イク……アァ——ッ！」

ジャラジャラと鎖の音が嬌声に重なった。

激しい息遣いと鞭打つ音。そして鎖が揺れる乾いた音が、石造りの牢獄に響き渡る。

「お、お前のような淫売に、俺のチンコをぶっ込んでやるのは……勿体ない……っ」

数十回も続けて鞭を振るったせいで、男の息は激しく乱れ、声が上擦っていた。

「はっ……はぁ……はあ……っ」

鞭で打たれるたびに軽い絶頂に至り続けた胡蝶の身体は、繰り手を失った操り人形のごとく、鎖にぶら下がるように頽れる。くたりと折れた膝も赤く腫れ、鬱血が目立った。

手錠で拘束された手首は皮膚が破れ、流血している。

白い肌を伝う赤い筋は、まるで血管がそのまま表皮に浮き上がったようだ。

血走った瞳に妖しい色を浮かべ、男が胡蝶の細い腰を鷲摑んだ。

「胡蝶……イケナイ子だ」

「客を満足させないくせに……欲しいものなど、くれてやるものか……っ」

欲情に紅潮した目許をひくつかせつつ、男は無理に胡蝶の尻を自分の方へ向けさせる。

「あっ……！」

体重のすべてがかかった手首に、鉄の輪が食い込む。皮膚が摩れ、裂ける感覚に、胡蝶は口端をゆるめて喘いだ。そうして、背を仰け反らせ、喉を喘がせて天井を見上げる。

蠟燭の明かりに妖しく照らし出される、美しい顔。

その瞳は、焦点が定まっていない。

「お前のような淫乱には、これで十分だ……っ」

男は右手に持った短鞭を逆手に持ち直すと、胡蝶の足許へ膝をつき赤く腫れた尻を割り開いた。そして、息つく暇もなく、柄の部分を尻の谷間に乱暴に押し込んだ。

「イッア、アァ――――ッ！」

断末魔のような嬌声が、暗く湿った空間に割れんばかりに響き渡る。

「ふっ……ふはは……っ！」

ぐいぐいと、柄の部分すべてを胡蝶の尻に押し込むと、男は歓喜の雄叫びをあげた。

「ふひゃひゃひゃ……っ！　胡蝶っ、醜い尻尾が生えたぞ！　見ろ、尻にしっかり咥え込んで、うまいうまいと咀嚼しとるわっ！　ひははっ……うはははっ……！」

「……ひぃんっ……んあ……あんっ……ああっ……奥っ……グリグリ……あ、痛くて……当たってる……あっ……すごぉ……いっ！　いぃ……いぃん」

男の眼前で尻を振り、後孔に押し込まれた短鞭をうち振る姿は異様でしかない。

だが、胡蝶は今日これまでで一番の悦楽の笑みを浮かべていた。

胡蝶が興奮すればするほど、伽羅の香りが強く匂い立つ。まるで胡蝶本人が香木そのものになったようだった。

コックリングはすでに用をなさない。

赤く充血した胡蝶のペニスからは、とぷりとぷりと粘度の高い白濁が溢れては零れ落ち、幹を滴ってリングを汚した。

手錠が食い込んだ手首からはいよいよ激しく血が流れ、左右の腕は血みどろだ。脇や肩まで滴った赤い血は、薄い胸や腹、下肢にまで伝って赤い筋を描いていく。

「このっ……淫乱めっ！　鞭に犯されて悦んでやがるっ！」

腫れぼったい瞼を限界まで押し拡げ、初老の男はトランクスの中で射精していた。黒い生地に染みができ、繊維の間からじわりと白濁が滲み出す。まるで小水を漏らしたような痴態を晒しながら、本人はまったく厭う気配も恥じる様子もない。目の前で美しい青年が髪をうち振り、白い肌を赤い疵や血で彩りながら、異物に犯されて絶頂を迎える様を見つめ、酔い痴れている。

「あぁっ……いぃ……よぉ……きもひ……ぃいっ……！　ぅあ……んっ……お尻……鞭……おぃひぃ……っ！」

胡蝶の絶頂は、永遠に続くかのように思われた。

塞き止められていたせいか、夥しい量の精液がリングと鈴口の隙間から滲み出し、ペニスをぬっとりと汚す。

その精液からも、伽羅の匂いが漂った。

「イッ……てるの……に、た、足りな……いんだ。なあ……もっとぉ、いっぱ……ぃ出した……いのに……ぃっ」

ねっとりと濡れた嬌声が牢獄を模した部屋に響くたび、咽せ返るほどの伽羅の匂いが満ちていく。

濃密な芳香の中、胡蝶の白い身体が深紅に染まっていた。

「ふはっ……ふひゃひゃっ……イッてやがるっ！　鞭を咥えて……悦こんで……ふははははっ！」

絶頂と興奮の極みに、男が石の床に尻餅をついた。トランクスはまるで粗相をしたかのようにしとどに濡れ、生地の中のペニスはすでに力を失っている様子だ。

「ひゃっ……はっ……はぁっ……ぅあ……っ」

やがて男の笑い声が、ゼイゼイという喘ぎに変化していく。興奮による汗は冷汗となり、絶頂の余韻は緊張の震えへと変わって、欲情に紅く染まっていた顔を見る見るうちに青ざめさせた。

男はその後、いきなり床に倒れ込んだ。そして、過呼吸の症状に似た浅く速い呼吸を繰り返し、ガタガタと震えながら手足を硬直させる。

「あはっ……ははは……イッてる……イッてやがるよっ！　この糞ジジィッ！」

胡蝶は白濁をペニスから滴らせながら、床でのたうつイモ虫のような男を見下ろして叫んだ。

縛められたペニスはいまだ勃起して白濁を滴らせ、美しくも怪しい容貌は狂喜に満ちている。

「なぁ……気持ちいいだろっ？　息が苦しくて、手足が冷たく硬直して、眉間が痺れるその瞬間が、この世で一番の絶頂だ！　なぁ、なあ……っどうなんだよ、糞ジジィ……ッ！」

胡蝶は密生した睫毛に覆われた眦を釣り上げて、ヒクヒクと痙攣を繰り返す男に唾を吐く。

「なあ、もっと虐めてくれないと……ちゃんとイけないだろっ！　おい、ジジィ……自分だけなんて、狡いっ！」

腕と脚を精一杯伸ばして、胡蝶は呼吸ができているかも怪しくなった男に呼びかけた。

「寝転がってないで、俺をイかせて……っ！　こんなんじゃ足りないんだっ！　なぁっ……なぁっ……」

美しい双眸から涙を流して懇願しながらも、身体はさらなる刺激を欲して喘いでいる。口許は悦楽に綻び、ペニスはいっこうに萎えない。

「もっと……もっとしてくれよっ……なぁっ？　ほらぁ……もっと弄って！　もっともっとぉ……っ！」

触れられないもどかしさに、胡蝶は手首から血を流しつつ咽び泣いた。

「俺を殺すつもりで……虐めてくれよぅ――っ」

しかし、胡蝶の叫びに、男が応えることはなかった――。

大歓楽街新宿の一角にある七階建てのビルが、広域指定暴力団紅龍会二次組織・椎崎組の縄張りだ。

高級ＳＭ倶楽部『Butterfly』の地下一階にある医務室で、椎崎胡蝶は全身を包帯で巻かれながら溜息を零した。

「党首だかなんだか知らないが、俺に突っ込みもしないで勝手にイクなんて、見かけ倒しの名前負けにもほどがある」

椎崎組の唯一の資産であるこのビルに密かに地階が造られ、医療設備が整えられたのは、一年ほど前のことだった。

敏腕の外科医をはじめ、様々な事情で医師免許を剥奪された各科の医師たちが、この地下の名もない医療施設で働いている。

ハードなプレイで治療が必要となった客が処置を受ける場所なのだが、この施設の常連となっているのは専ら『Butterfly』のオーナーである胡蝶だった。

「あの客の予約は二度と受けるな。……どうしてもとごねるようだったら、指名料を五倍……いや十倍にしてやれ。……ああ。それから、来店前にしっかりケツ穴拡張しとけって伝えろ」

射精はしたが、求める欲望を満たされないまま終わってしまったプレイに、胡蝶は不機嫌極まりなかった。

プレイが終わって性的な興奮が鎮まったせいか、胡蝶から香る伽羅の匂いは随分とおとなしい。

「そうは言っても、組長……。しばらくは他の指名も受けられません。その手首、完治までに何日かかると思っているんですか」

全裸で診察ベッドに横たわった胡蝶を心配そうに見守るのは、名ばかりの若頭である小路充《しょうじみつる》という男だ。

某有名国立大学の法学部を首席で卒業した二十五歳の小路が、どうして椎崎組の若頭を務めているかというとそれなりの事情がある。

彼もまた、己の特殊嗜好にのめり込むあまり、表の世界で生きていくのが困難になったのだ。

「充みたいに視姦されてイけるんなら、楽でいいけどな」

「私を出来損ないのように言わないでください。ふつうなら誰だって痛いのはゴメンですよ」

小路は胡蝶の視線を感じて慌てて顔を背けながら、怒ったように言い返した。

「は？　誰がふつうだって？」

胡蝶が目を細めて睨みつける。

だが、小路は背を向けたままでほんのりと首筋を紅潮させるだけだった。

小路は、人の視線に感じて欲情する性嗜好を持っている。電車に乗っても、街中を歩いていても、見られている——と感じるだけで、ペニスを勃起させ、高じて射精するのだ。

小路がその快楽を知ったのは、学生時代のこと。

ゼミの講義の一環で行われた討論会で、参加者の視線をその身に浴びたことに端を発する。

見られる喜びを覚えた彼は、より人の視線を集めるために勉学に励んだ。

このまま首席として卒業し、司法試験に合格し、将来弁護士や検事になって裁判所に立ったとき、裁判官に陪審員、傍聴席からの視線に晒されれば、きっとこの上ない快感に満たされるだろう――。

そんな淫らな夢に溺れた彼を待っていた未来は、しかし、思い描いたものとは遠くかけ離れていた。

卒業生代表として卒業式で答辞を読み上げたその壇上で、小路は参列者たちの視線を一身に浴びた歓喜にうち震え、激しく欲情し、その場で射精した上に失神してしまったのだ。

目覚めた彼を待っていたのは、周囲の人々からの冷たく嫌悪にまみれた視線と、家族からの拒絶だった。

特殊な性嗜好を数多の人間に知られた小路は、司法の場で生きる術を奪われ、絶望し、自暴自棄になっているところを胡蝶に拾われたのだ。

「それより、さっきの党首様の具合はどうだ？　あのジジィ、《ラムネ》が効き過ぎたみたいだが、まさか心臓に影響が出たんじゃないだろうな」

《ラムネ》とは、佐藤翁が極秘裏に開発製造させていた媚薬だ。違法脱法ドラッグや麻薬と違い、一定量を超えるまでは中毒反応が現れない。しかも、万が一中毒による健康被害が出ても、現在流通している検査薬では陽性反応が出ないというシロモノだった。

佐藤翁はこの《ラムネ》を覚醒剤や大麻に代わる資金源にと目論んでいたが、剣が紅龍会を継いでからは、他の薬物とともに組での取り扱いどころか生産自体が中止となり、その製造法も闇に葬り去られてしまった。

だが、椎崎組だけは、剣に暗黙の了解を得て生産と使用を続けている。

理由は、たったひとつ――――。

《ラムネ》特有の媚薬効果がなければ、客はもちろん、胡蝶が満足できるセックスを楽しめないからだった。

すべての資金と責任を負うという約束で、剣は胡蝶に《ラムネ》を与えてくれた。

もちろん、何か不祥事が起これば、剣は容赦なく椎崎組を切り捨てるだろう。

胡蝶はそれらを覚悟の上で、刹那の快楽を求め、このビルの中で生きる道を選んだのだ。

以来、《ラムネ》は『Butterfly』では門外不出の媚薬として、幹部以外の人間が取り扱うことを禁止されていた。

「初来店だったからな……。一応、血液のサンプルは採ったんだろう？　何か異常があったらウチは一巻の終わりだ。しっかり調べとけよ」

これまたワケアリでこの場に雇われた年増の看護師が、きれいに包帯を巻いていくのを、胡蝶は美しい瞳で見つめつつ確認する。

手首に一部縫う傷を負ったというのに、胡蝶は擦り傷ほどにも感じていない。

「大丈夫ですよ。心電図もとってみましたが、どこも以上なしです。興奮し過ぎて過呼吸を起こしただけだそうで、先ほど落ち着いてからお帰りになりました」

一時間ほど前、牢獄を模したプレイルームで胡蝶を責め立てていたのは、現在勢力を拡大しつつある政党の党首だった。

特殊な紹介ルートを辿って『Butterfly』の予約に漕ぎ着けた彼は、半年以上待たされて今日はじめて来店を果たしたのだ。

男はその加虐癖のために、まだ地方の市議だった頃に離婚している。理由は妻へのＤＶだ。以来、結婚はせず、極秘裏にＳＭ倶楽部に通うことで、己の欲求を満たしていたらしい。

だが、国会議員となってからは、さすがにＳＭ倶楽部通いができるはずもなく、その欲求を長い間持て余していた。

表では長きにわたる国会議員の経験を活かし、躍進甚だしい新党の党首としての仮面を被り、その内側にはサディストの本能を燻らせていたのだ。

そのため、男ははじめて胡蝶に鞭を振るった瞬間、理性を呆気なく崩壊させ、抑制されてきたあらゆる欲望を解放させた。そして数十年にわたって溜め込んできた鬱憤を晴らそうとした結果、男は興奮し過ぎて過呼吸を引き起こし、プレイ時間を三十分以上も余らせた上で失神してしまったのだ。

「谷地中《やちなか》」

胡蝶のすべての治療が終わったのを見計らって、小路が処置室の外へ声をかけた。

「……」

ノックの音と同時に小さな鈴の音が聞こえたかと思うと、作務衣を着た長身でしっかりとした身体つきの男が、車椅子を押しながら無言で中へ入ってきた。

年の頃は二十代後半から三十代前半、彫りの深い男らしい顔立ちに、サイドを短く刈り上げてトップに少し長さをもたせたヘアスタイルは、一見するとスポーツ選手のようだ。健康的に日焼けした肌が、いっそう男ぶりを上げている。

だが、精悍さを漂わせる男の首には細い革のベルトが巻かれていて、キラキラとした小さな鈴がぶら下がっていた。

さながら猫を思わせる首輪の鈴は、胡蝶がつけたものだ。

「谷地中、組長を部屋へお連れして、食事の用意を……」

小路が自分よりも十五センチは上背のある男を見上げて告げる。

すると、谷地中と呼ばれた男はコクリと頷いて診察ベッドに横たわる胡蝶へ歩み寄った。

谷地中が動くたび、小さな鈴がリン……と涼やかな音色を立てる。

「リン、車椅子は嫌だ。お前が背負って部屋まで連れていってくれよ」

背中を丸めてベッド脇に車椅子を寄せた谷地中に、胡蝶が拗ねたような顔で言った。

リンとは、谷地中の名だ。これは本名だった。

谷地中鈴《りん》——見た目にそぐわぬかわいらしい名を、胡蝶はいたく気に入り、鈴のついた首輪を与えたのだ。

「……」

胡蝶の命令に、谷地中は無言で静かに頷く。そうすると、小さな鈴が頼りない音を立てた。

「ふふ……っ」

鈴が鳴ると、胡蝶は痛々しく傷ついた顔を楽しげに綻ばせた。

谷地中は表情を変えず、黙って華奢な身体を抱き起こし、包帯だらけの腕を自分の肩にまわさせる。

「近いうちに新しい首輪を作ってやろう」

少しでも動くと鋭い痛みが走るだろうに、胡蝶は薄く微笑みをたたえて谷地中の耳許に囁きかけた。

「リン、お前は黒が似合うと思ったけど、赤もいけそうだな」

赤く、ぽってりした唇を、谷地中の耳朶に触れさせてそう続ける。

リ……リン。

すると、谷地中の肩が小さく震え、鈴がかわいらしく鳴った。

顔を離し、胡蝶は困ったように眉を寄せた谷地中の表情を満足げに見つめる。

「お前が何か言いたそうな顔をすると、また身体が熱くなってくる」

だが、谷地中は妖艶な笑みを浮かべる胡蝶に何も答えない。無言で胡蝶を背に担ぐと、静かに立ち上がった。

胡蝶は傷だらけの身体を優しく背に担ぐ男の肩に顎をのせ、吐息交じりに言った。

「言葉の代わりに、鈴が鳴る。おもしろいな」

胡蝶が何か言葉を発するたび、首輪の鈴が鳴る。

谷地中は何も言わない。

素裸に包帯を巻かれた胡蝶の身体に、痺れるような痛みが走る。下肢を支える逞しい腕のぬくもりに、燠火となって燻り続けていた劣情が刺激された。

「……俺を抱きたい?」

谷地中が胡蝶をしっかりと背負い直した。

また、鈴が鳴る。

胡蝶はうっとりと微笑んだ。

「でも、駄目。お前は俺を言葉責めできない。嘲りもしない。怒鳴りもしなけりゃ、喚きもしない。そもそも――」

「組長……あんまり谷地中を揶揄わないでくださいよ」

ゆっくりと歩き出した谷地中と背負われた胡蝶に、小路が呆れ声を漏らす。

しかし、胡蝶は小路の声を無視して谷地中の顔を覗き込みながら続けた。

「リン、お前……話せないんだもんなぁ」

胡蝶の言葉に、谷地中は何も答えない。

だが、鈴が鳴った。

谷地中が長い脚を運ぶリズムに合わせて、ころころとかわいらしい音が鳴り響く。

同時に、胡蝶の傷だらけの身体が小さな悲鳴をあげた。骨が軋み、傷が疼くたび、胡蝶はうっとりと目を細める。ふわりと、己の鼻腔をくすぐる伽羅の香りに、淡い情欲を自覚していた。

「……はあ」

胡蝶は切なげに眉を寄せ、溜息を吐く。

「組長、おとなしく休んでくださいよ。あなたが店に出られないと、売り上げがガクンと落ちるんですからね」

処置室を出ていこうとする二人に小路が声をかけるが、胡蝶はもちろん、谷地中が何か答えることはなかった。

廊下に出て、最上階へ直通のエレベーターに乗り込むと、谷地中は背負った胡蝶の身体を片腕でしっかと支え、扉を閉じるボタンを押した。

その様子を肩越しに見つめつつ、胡蝶は心から残念そうに谷地中の耳朶を噛みながら囁いた。

「勿体ない……」

エレベーターが上昇を始めると、谷地中は扉に背を向けて立った。エレベーターに二人で乗る際、鏡の正面に立つよう、胡蝶が谷地中に徹底させていたからだ。

「こんなにいい身体で、男前なのに、お前……勃起しないんだもんなぁ」

壁に埋め込まれた大きな鏡に、逞しい背中に背負われたミイラのような胡蝶が映る。左右の頬や額に、鞭で打たれた蚯蚓腫れの傷痕を認め、胡蝶はにたりと笑った。

艶やかな黒髪が一筋、谷地中の肩から腕にまとわりついている。逞しい腕がしっかりと自分の尻を抱え持つ様子を眺めつつ、胡蝶は淡々と続けて言った。

「声も出なきゃ、勃起もしない。……なあ、リン？」

エレベーターはあっという間に七階に着く。

ガタンと小さく揺れて、また鈴が鳴った。

「あ……っ」

全身に走った衝撃に、胡蝶は小さく喘ぎを零す。

谷地中は鬱蒼とした表情のまま、そっと鏡に背を向けた。

「お前のペニス……。もう一生、役に立たないのか？」

答える代わりに鈴を鳴らして、谷地中は静かにエレベーターを降りた。

エレベーターの扉が開くと、そこは胡蝶のプライベートスペースだ。椎崎組の構成員でも、このフロアに立ち入ることを許されているのは小路と、この谷地中だけ。

ごく稀に医師が緊急時に呼ばれることはあるが、それすらたった一度しかなかった。

「聞いたことがある」

返事がないのが当然とばかりに、胡蝶は機嫌を悪くする様子もなく、谷地中の顔を肩越しに見上げながら話し続ける。

「お前、目の前で……母親が犯されるの、見せられたんだってな」

そう言った瞬間、谷地中の顳かみが小さく痙攣したのを、胡蝶は見逃さなかった。

鉄面皮のような谷地中が、胡蝶の前だとかすかに表情を動かす。

そのことに気づいたのは、いつ頃だったろうか。

「紅龍会系のスナックで雇われママをしてた……って聞いたけど？」

胡蝶が口を開くと、そのたびに鈴が小さく鳴った。

谷地中は胡蝶をおぶったまま、まるで高級ホテルのスイートルームを思わせる豪奢な造りの部屋を静かに進む。

いくつかの扉の前を通り過ぎたところで、胡蝶は谷地中の耳に「そこ」と短く告げた。そこはとくに気に入っている一室で、この時期、朝焼けの空がよく見える寝室だ。

谷地中は頷くこともせずに指示された扉を開け、中に足を踏み入れる。

筋肉が盛り上がった分厚い肩に顎をのせ、彫りの深い横顔を覗き込みながら、胡蝶はなおも喋り続けた。

「よせばいいのに、三代目のお気に入りの情人に手を出したそうじゃないか。……で、その報復にお前の目の前で輪姦された。そのとき、相手の情人も一緒だったらしいな」

扉の先は少し細い廊下となっていて、部屋の前にもう一枚、樫の木でできた厚い扉があった。

金のドアノブをゆっくりと回す谷地中の大きな手を見つめつつ、胡蝶は小さく呟く。

「三代目らしい……」

その声を聞いた瞬間、鈴の音を響かせながら谷地中が頬を小さく痙攣させた。

「俺もその場で見学したかったな」

胡蝶がそう言ったとき、東側の壁面いっぱいにガラスが張られた寝室に着いた。ちょうど日が昇る直前で、新宿のビル街が朝焼けに染まっている。

谷地中は外の見事な光景には目もくれず、天蓋付きのベッドに胡蝶をそっと下ろした。そして、やわらかな羽毛布団を包帯だらけの身体へ労るようにかけてくれる。

「リン」

胡蝶は一歩下がって頭を下げ、そのまま立ち去ろうとする谷地中を呼び止めた。

踵を返そうとしていた男が、闇に沈んだ眼差しをようやく胡蝶へ向ける。

その視線を意識した瞬間、胡蝶は再び劣情の火が小さく揺れるのを自覚した。

谷地中が真正面から胡蝶と目を合わせることは、滅多にない。

だからこそ、生気の感じられない漆黒の瞳が自身を捉える瞬間、胡蝶は言葉で言い表せない昂りを覚える。

何故、そこまでこの谷地中鈴という男が気になるのか分からない。

それでも胡蝶は本能が興味を示すことに無関心ではいられない性質だった。

「見たくないものを見せられて、おぞましさに性欲を手放したんだろうってことは、なんとなく俺にも分かる」

谷地中は振り返った体勢のまま、胡蝶の目をまっすぐに見つめていた。

「けど、どうして声まで失った？」

胡蝶の問いかけに、谷地中はまるで銅像のようにピクリとも動かない。ゆえに、声の代わりの鈴も鳴らない。

声を失った谷地中が答えられるはずがないと分かっていて、胡蝶はなおも質問を投げかけた。

「いろいろ俺に吹き込んでくれる馬鹿はいる。けれど、誰もお前がうちの組に入った事情を教えてくれない」

ベッドに横たわったまま、胡蝶は猫のように妖しく光る瞳で谷地中を見据えて問い重ねる。

「お前、もとはカタギだろう？」

リン……と、鈴が鳴った。

谷地中は瞼をそっと伏せると、何も答えず静かに背を向けた。

「なあ、リン」

ゆっくりと離れていく背中に、胡蝶は問いかけ続けた。

「俺はお前に興味がある。三代目が死んで、お前は解放されるはずだった。もう恐ろしいものを無理矢理見せつけられることもないはずだった。なのにどうして……？」

大きな樫の扉の前で、谷地中が振り返って慇懃に頭を下げる。

リリン……と、鳴る鈴の音に、胡蝶は苛立ちを隠さなかった。

「首を振るなり、呻くなり、なんとか言ったらどうなんだ。リン！　なんでお前は、俺のところに来たんだ……っ！」

胡蝶の声を遮るように、扉が閉じる。

谷地中は頭を下げたまま、その姿を胡蝶の視界から消したのだった。


谷地中鈴の母親が任されていた店は、歌舞伎町の片隅に埋もれてしまうような小さなスナックだった。

母親の店がヤクザと関係があることや、顔も知らない父親がどこかの組のチンピラらしいことを、谷地中は物心がついた頃にはなんとなく察していた。母親は何も話してくれなかったが、黙っていても何かしら教えてくれるお節介な人間が周囲にいたからだ。

しかし、自分の家が特別何か変わっていると感じたことはない。水商売の親を持つ同級生や知人はそれなりにいたし、シングルマザーも珍しくはなかった。

貧しくはあったが、母親はきちんと高校まで通わせてくれたし、卒業後には母の伝手で小さな酒屋に雇ってもらうこともできた。結婚せずに十七歳で谷地中を生んだ母親は男にだらしなかったが、社会に出られる年齢まで育ててくれただけで充分だとそれなりに感謝もしていた。

だが、平凡に過ぎていくと思っていた人生に転機が訪れたのは、谷地中が十九歳の誕生日を間近に控えた冬の日のことだった。

深夜に配達を頼まれた先は、母親の店だった。

二十四時間対応で配達を受けていた酒屋で、谷地中は夜の配達を任されていた。

いつものことだと不審も抱かず、生ビールの樽を店の裏口から運び入れた、そのとき、谷地中はいきなり後頭部に衝撃を受けた。

そうして、意識を取り戻した谷地中は、目を疑うばかりの光景に息を呑んだ。

『か……ぁ、さん？』

ぽってりと肉のついた白い太腿が、ボックス席でゆらゆらと揺れている。

仄暗い店内に響くのは、有線の演歌を掻き消すほどの、母親の淫らな喘ぎ声。

客のいない店内で、谷地中の母親は複数の男に犯されていたのだ。

谷地中は後頭部に熱と痛みを覚えつつ、にわかに現実のものとは思えない光景に目を見開く。

『な、なんでっ？』

身じろぎしようとして、谷地中は自分の身体がビニールテープでしっかりと拘束されていることに気づいた。腕を後ろ手に拘束され、膝と足首にもテープが巻かれていて自由が利かない。

『息子より年下の男に入れあげた、母親の喘ぎ声はどうじゃ？』

床に転がされた谷地中の頭上から、不意に嗄れた声が降ってきた。

顔を顰めながら声が聞こえた方へ首を捻ると、皺だらけの顔を楽しげに綻ばせた和装の老人が立っている。

そのすぐ脇で、谷地中と歳の変わらない男が、やはり複数の男に犯されていた。

――アイツ、最近……店に顔を出すようになってた、ガキ……。

猿轡を噛まされ、声を漏らすことも許されずに刺青を背負った男たちに輪姦されているのは、最近母の店の常連となったホスト風の男だった。

『儂は何より、自分の玩具を他人に弄られるのが大嫌いでなぁ』

カツン、と杖の音を響かせて、老人が谷地中の顔のそばへ歩み寄る。

白い足袋に草履履きの足を真横に見つめつつ、谷地中は理由の分からない恐怖に身震いした。

一見すると好々爺然とした老人だが、皺だらけの笑顔の中、落ち窪んだ双眸は欠片も笑っていない。

『アレが儂の玩具だと知っていようがいなかろうが、関係はない』

谷地中の顔を覗き込むようにしてそう言うと、老人はゆっくりとボックス席へ視線を向けた。

『汚いメス豚が儂のモノに触れるとどうなるか……しっかりその目に焼きつけるがいい』

老人の視線に誘われるように、谷地中は無意識にボックス席へ目を向けた。

複数の男に犯されながら咽び泣くような嬌声を放つ母親のもとへ、いわゆる《駅弁》と呼ばれる体位で若い男を犯しながら、大男が近づいていく。

『ほぅら、よく見ておけ』

老人が杖で谷地中の顎を掬い上げる。

大男が若い男を叩きつけるようにしてテーブルに横たえるのが見えた。若い男の股間ははち切れんばかりに勃起している。

そこへ、刺青を背負った男たちが母親の身体を支えて跨がらせた。

『アあぁ……っ』

長い髪を振り乱し、狂ったように喘ぎを漏らす母の姿を、このとき谷地中ははじめて目の当たりにした。

支えを不要とする若いペニスを、肉付きのいい尻があっさりと呑み込んでいく。

直後、谷地中は反射的に声を発していた。

『か、母さん――っ！』

思わず叫んだ谷地中の口に、老人が杖の切っ先を突っ込んだ。

『っぁが……っ』

『黙れ、小僧』

舌の付け根、喉の入口を杖の先で抉られ、谷地中は激しい嘔吐感に噎せた。

『声を出したら、喉を突き破り、お前のその不相応なブツを切り落としてやるからのぉ』

ふと気づくと、谷地中は下半身を剥き出しにされ、くたりとなったペニスを足許に屈んだ男に摑まれていた。男は手に鈍く光る短刀を握っており、縮み上がったペニスをそろそろと撫でてみせる。

『……っ』

男性器を傷つけられる恐怖に身を竦め、目をそらそうとした谷地中を見咎め、老人が容赦なく告げた。

『ちゃんと見るんじゃ。目をそらすことも、閉じることも許さん。もし言うとおりにせなんだら、やはり喉にこの杖が突き刺さり、性器がお前の身体から切り離されると思え』

それが冗談でも脅しでもないことを、谷地中は本能的に察した。

意に反すれば、老人は躊躇いもなく足許の男に谷地中のペニスを切断させるだろう。

『……っは……ぅくっ』

恐怖に全身を硬直させた谷地中の頭を、別の男が支え持った。ボックス席から顔を背けないよう、しっかりと固定する。もちろん、老人の杖は口腔に突き入れられたままだ。

谷地中は身じろぎすることもできず、悪夢のような光景を見せつけられた。

『ほれ、おもしろいだろう？　クックック……』

老人の下品な高笑いが、谷地中の鼓膜にこびりつく。

狭く薄暗い店で、悪魔たちの狂宴が繰り広げられた。仁王や鬼、蛇に竜……様々な刺青の男たちが、若い男とまぐわった母親を次々と犯す。

テーブルに横たわった若い男もまた、複数の男たちに嬲られていた。いつの間にか猿轡が外され、若い男は鼻にかかった甘い声を漏らしていた。

『そろそろ、ふぃなぁーれ、じゃ』

老人が言い難そうに呟いた、そのとき――。

『ツぎゃあぁ――――――ッ』

母親の悲鳴とも嬌声ともとれない声が、若い男の断末魔の響きと共鳴し、店内を満たした。

何がどうなったか、谷地中には分からない。

だが、何が起こったのかは、分かった。

錆びた鉄のような匂いが鼻を突き、母親と若い男の声が聞こえなくなると、谷地中の足許に生ぬるい液体が流れてきた。

それが何なのか、谷地中は確かめたくなかった。

喉には杖が突っ込まれたままで、老人が谷地中の恐怖に怯える表情を楽しげに観察している。

萎えて縮こまったペニスに触れた短刀の刃が、谷地中の体温にやんわりとしたぬくもりを持っていた。

やがて、男たちの怒号も聞こえなくなり、有線の演歌だけが虚しく店内に流れ始める。

谷地中の大きく見開かれた目はすっかり乾燥し、涙も流れなくなっていた。

『まあ、ほどほどに楽しませてもらったわい』

老人の満足げな声がして、杖が口から引き抜かれた瞬間、谷地中は意識を手放したのだった。


「……っは……はぁっ……はっはっ……」

エレベーターに乗り込んだ途端、谷地中は蹲って呼吸を荒げた。ともすれば胃の中のモノをぶちまけそうな嘔吐感に襲われ、作務衣の下は噴き出した脂汗でぐっしょりと濡れている。

胡蝶の言葉で否応なしに思い出された過去の悪夢に、全身が瘧《おこり》のように震えて止まらない。

母親と若い男が目の前でただの血肉と化したあの日以来、谷地中は紅龍会三代目・佐藤翁の玩具として悪夢の中に生きてきた。

佐藤翁は、自分や他の人間がＳＭプレイに興じる様を見せつけ、谷地中が苦痛や恐怖に表情を歪める様を楽しんだのだ。プレイの最中、谷地中は声を発することはおろか、身じろぐことさえ許されず、万が一戒めに背けば、罰を与えられた。

そして、罰を与えられるのは、谷地中ではなくプレイで責められていた年若く美しい青年たちと決まっていた。

そうすることで谷地中がさらに苦しむことを、佐藤翁は知っていたからだ。

佐藤翁はけっして、谷地中の身体を苛むことはなかった。ただひたすらに、精神だけをいたぶり続けたのだ。

言葉を発せなくなったのは、そうした日常が五年も続いた頃。

性器が勃起しなくなったのはもっと前のことで、谷地中自身、いつ頃から己が性的興奮を覚えなくなったか忘れてしまった。

おそらく、母親と若い男の無惨な姿を網膜に焼きつけられた、あの日がきっかけに違いないだろうが――。

「……ハッ、ハァッ」

懸命に呼吸を整えようと、谷地中はエレベーターの中で深呼吸を繰り返す。
しかし、目を閉じると途端にあのときの情景が甦った。
谷地中は大きな手で頭を抱え込み、忌わしい記憶を消し去ろうと首を振った。
鈴の音が閉ざされた箱の中に響く。
リ、リン……。リン。
過去の悪夢は、なかなか消え去ってくれなかった。

二

「ッざけンなよ、クソガキッ！」

罵声と同時に、膝に穴の空いたジーンズを穿いた足が空を切る。

「……ぐぅっ」

右の脇腹に鋭い痛みが走ると同時に、色褪せた畳に転がってしまう。

「お前が学校でうまく誤摩化さねぇから、面倒臭ぇことになるんだろうがっ！」

高校中退して定職にも就かず、チンピラの使い走りをしている父親から暴力を受けるようになったのはまだ物心つく前のこと。

気がついたときには、自分は殴られるために生まれてきた、人間ではない何かだという自覚が出来上がっていた。

だから、殴られるのは慣れている。

煙草の火を身体のあちこちに押しつけられたり、洗濯機の中で回されたこともあった。

そうされることが自分の存在する理由だと疑わなかった。

何故なら、父親ばかりでなく、母親にも同じように殴られてばかりだったからだ。

食事もまともに与えられず、目が合ったと言われては殴られて育った。

公営団地の片隅で、友だちもつくらず、他人の目を避けるように生きていたのだ。

「アンタ、いい加減にしなよ。死んじゃったら、シャレになんないよぉ」

父親のいない昼間に、見知らぬ男を引っ張り込んでは股を開く母親が、酒で浮腫んだ顔を歪めて言う。

「うるせぇっ！　お前は黙ってろ！　……ったく、同じ美形に生まれるんだったらよ、女に生まれてくりゃよかったのによっ！」

どちらに似たのだろう。もしかしたら父親が別の男なのかもしれない。

雪のように白い肌と墨を流したような黒髪、そして、大きく丸い瞳は、少しも両親に似ていなかった。

「クソッ！　くそぉっ！」

直接、拳で殴ると自分の手が痛いと言って、父親は手近にあった灰皿で殴ってきた。

右の側頭部が痛んだかと思うと、その感覚はすぐに別の心地よさへと擦り変わる。

「お前が女だったら、客でもとらせてボロ稼ぎするのになぁ。……マジで使えねぇよな、男のガキなんて」

「ちょっとアンタ、まだ前の傷も治ってないんだから、それ以上見える所に傷つけないでよ。また児童相談所にチクられるじゃん」

母親が煙草を吹かして言った。

「じゃあ、腹だ。ムカつくから、腹殴らせろ！」

父親は床に倒れ込んだ俺の右腕を乱暴に掴むと、高く掲げてニヤリと笑った。

「腹なら、服で隠れて見えねぇしな」

「骨までやらないでよ」

「分かってるよ」

応えたかと思うと、男が腹に膝を打ち込む。

「ぐうっ！」

悲鳴とも溜息ともつかない声が漏れた。

意識が遠のく瞬間、知らず頬が綻ぶ。

「ンだよ、てめぇっ！　殴られて笑ってんじゃねぇよ、気持ち悪ぃなっ！」

続けざまに、左頬に拳が打ち込まれた。

衝撃で、頭がぐわんと揺れる。

脳がぶれる感覚に、身体が熱くなる。

——ああ、凄い……。

まるで、車に酔ったような感覚に、今度こそはっきりと笑みを浮かべた。

着古したハーフパンツの下で、股間が熱く昂っている。

「……おい？」

驚きと嫌悪に満ちた父親の顔がゆっくりと青ざめていく。

「なぁに、どうしたの？」

間延びした声で、母親が問いかける。

「コイツ……おっ勃ててやがるっ」

父親の顳かみが痙攣していた。

「……うそっ」

母親がギョッとして肩を竦めた。

「き、気持ち悪いガキだな……っ」

吐き捨てる声と同時に、再び畳へと叩きつけられる。

「うっ……ぐぅ」

ゆらりと身を捩って、父親の足に手を伸ばす。

「ち、近寄るなッ！」

父親が、今まで見せたことのない怯えた目で見つめ、そばにあった灰皿を投げつけた。

もっと、殴って欲しい。

もっと嘲って欲しい。

身体が覚えた快感を欲し、はじめて父親に懇願した。

今まで、どんなに腹が減っても、どんなに痛くても、どんなに苦しくても、文句を言ったり自分の望みを訴えたりしたことはなかった。

「お願い……だから、もっと殴って――」

勃起した股間を、両親の前に曝け出し、思いつく限りの媚びた笑みを浮かべる。

「……っ」

父親と母親が、ほぼ同時に息を呑む。

まるで化け物を見るような目。

そして、母親の短い命令が、絶望を告げた。

「で、出て行ってよ！　変態っ！」

さっきまで散々、殴ったり罵ったりしていたくせに、欲しいと言った途端に与えるのをやめるなんて、酷いじゃないか。

「出ていかないなら、ぶち殺すぞっ！」

父親が眦を吊り上げ絶叫する。手には、鈍く光る文化包丁。

一瞬、あの刃で切り裂かれる自分を想像し、ぶるりと肌を粟立たせた。

「いやぁっ！　もう、いやっ！　子供なんか生まなきゃよかったっ！」

錯乱状態の女の叫び声ほど、耳障りで気分の悪いものはない。

父親の恫喝する声と、母親の甲高い声に、自分の置かれた状況を察した。

もう、この家に自分の居場所はない。

残ったところで、今までのように殴ってはくれないだろう。

「……分かった」

学校のことも、これからのことも、何も考えなかった。

ただ、今はこの部屋から一刻も早く立ち去らなければならない——それしか頭になかった。

振り返ることもなく、部屋を出る。

呼び止める声などもちろんない。

錆びた扉の向こうには、夜になってもムシムシとした夏の空気が満ちていた。

時間ははっきり分からない。

「あっ……っ」

着古したTシャツとハーフパンツに、底の磨り減ったビーチサンダル。

それだけが、十三歳で家を出た、子供の財産だった。


行くあてなどどこにもなかったが、思っていたより苦労はしなかった。

まだ夜も明けきらない新宿の街を、カラスを蹴散らしながら歩いていると、いきなり背後から声をかけられた。

「どうしたんだね、お前さんのような小さな子がこんな時間に」

人の気配など少しも感じなかったのに、振り返って視線を向けた先に、着物姿で杖をついた老人が立っていた。

「あ——」

皺だらけの顔に、落ち窪んだ目。

自分を見つめる瞳を真正面に捉えた瞬間、全身に雷を受けたような衝撃が走り抜けた。

一見、好々爺然とした容姿の下に、おぞましい妖怪の本性を隠していることを、一瞬で感じとったのだ。

「あ……」

じっと見つめてくるその視線だけで、激しく勃起した。

この老人は、己の欲望を満たしてくれる、この世に二人といない人間だ。

本能とも直感とも違う、たとえるなら神の声のようなものが、頭の中に響き渡る。

茫然と立ち尽くしていると、老人がうっとりと微笑んだ。

「きれいな子だ、気に入った」

「会長、まさかそのガキ、連れて帰る気じゃ……」

ハッと我に返ると、老人の後ろにはいかにもヤクザといった男たちが立っていた。

「ふん、お前は分かっとらんなぁ」

老人が間延びした声を発したかと思うと、次の瞬間、朝日を受けて明るくなっていく新宿の路地裏に、男の絶叫が響いた。

「ぎぃゃ――――っ！」

何が起こったのか、すぐには分からなかった。

男は膝をガクガクと震わせ、手を前に突き出して、悲鳴を放ちながらゆっくりと後ろへ倒れていく。

スロー再生の画面を見ているような気持ちで、目の前で起こる残酷な光景に見入った。

「がっ……ぅあ……っ」

男はアスファルトにバタリと倒れ込むと、まるで殺虫剤を浴びたゴキブリみたいに手足を痙攣させた。

老人がゆっくりと振り返り、ようやく、事態を理解する。

男の右目には、老人が手にしていた杖が深々と突き刺さっていたのだ。

「まったく、醜いのぉ」

そこには、さっきまで穏やかに微笑んでいた一見おとなしげな老人はいない。

本性をあらわにした妖怪が、怒りのオーラをまとって立っているだけだった。

後ろに控えた男たちは固唾を呑んで見守るばかりで、倒れた仲間を助け起こそうともしない。

「朝から生ゴミでシマを汚してしまったな。……すぐに回収させろ」

杖をなくしても、老人はしっかりと立っていた。そして、嗄れてはいるが少しも澱みのない声で、男たちへ指示を出す。

「それと、車をまわせ。本家に戻って風呂に入る」

次々と下される命令に、男たちは無言で従った。

ヤクザ映画のワンシーンでも見ているように、ただ愕然として立ち尽くしていると、老人がふと気づいて笑いかけてきた。

「ほほぉ……」

感心した声を漏らしつつ、歩み寄ってくる。

そして、無言で皺だらけの手を伸ばしてきたかと思うと、ハーフパンツの股間に触れた。

「……ぁ」

「いい反応じゃ」

老人の手が、いつの間にか硬くなっていた股間をそろりと撫でる。

「……え？」

老人の手に触れられて、はじめて自分の身体の変化に気づいた。

「お前、儂と一緒にきなさい。うんと……かわいがってあげよう」

「……う、ん」

意思よりも、本能が先に応えていた。

そのとき、老人の手に触れられた股間は、夥しい量の精液でべっとりと濡れていた。

黒塗りの外車に乗せられて向かった先は、高級住宅街の外れにある屋敷だった。

時代劇にでも出てきそうな門構えの邸宅のあちこちには、監視カメラや警報器が備えつけられていて、老人が暴力団関係者であることを窺わせている。

実際、老人は「関東紅龍会三代目会長の佐藤じゃ」と名乗った。

十三歳のガキが、ヤクザの規模に詳しいわけがない。

ただ、「ああ、そう」と応えると、老人……佐藤翁は酷く満足げに笑った。

「お前は、子供のくせに自分のことをよぉく分かっておるようじゃな」

しんと静まり返った離れの和室に二人きりで向かい合う。

風呂上がりに出された甘いソーダを飲んだ直後から、激しい動悸に襲われて、平静を保つのに必死だった。

——何か、入ってたのか、な……。

「儂はな、お前のような見目美しい少年が大好きでなぁ」

言葉どおり、下卑た薄笑いを浮かべ、佐藤翁は隠すことなく己の趣味嗜好を告げた。

「まさかあんな場所でこれほどの逸材を拾うとは、儂はなかなかツイておるらしい」

佐藤翁が醜く歪んだ笑顔を向ける。

すると、下腹がじんと疼いて、一度鎮まったはずの股間が再び熱をもち始めた。

「お前、名は何と言う?」

問いながら、佐藤翁が手招きする。

誘われるまま、ふらふらと近づく。抵抗する気持ちなど端からない。

路地裏で見つめられたときから、確信をもって、期待していたのだから……。

「名前なんか……ない」

家を出たときに、全部捨てた。

名前どころか、できることなら、あいつらの遺伝子から造り上げられた身体もゴミみたいに捨てたかったくらいだ。

「そうか」

佐藤翁は頷いて、胡座を掻いた膝の上に座れと促す。

「では、儂がお前に名前をやろう」

七十代に手が届いているように見える老人の膝に、躊躇うことなく浴衣の裾を乱して腰を下ろした。

「爺さん」

座位の格好で向き合い、期待に潤んだ瞳で問う。

「俺のこと飼ってくれんの？」

「ほっほっほっ、お前は子供のくせに頭がよく回るのう」

佐藤翁の皺くちゃの手が、背中をそろりと撫でる。

「……んっ」

まどろっこしい刺激に、唇を噛んで落ち窪んだ老人の瞳を覗き込んだ。

「ねえ……」

佐藤翁の身体から、なんとも言えない甘い香りがする。

「名前、早くつけてよ」

甘えた声で強請ると、佐藤翁は酷く喜んだ。そして、浴衣の帯を解きにかかる。

「……ほっほっほ、そうだな」

考えるフリをして、浴衣をはだけさせて尖った肩へ頬を擦りつける。

「『胡蝶』という名はどうじゃ？　お前の美しい容姿に相応しい名だ」

「うん、いいね」

名前なんて、どうでもよかった。

名を呼んでいたぶられるために、必要なだけだから。

「それから、いいことを思いついたぞ。一人、どうしようもなく使えない男がいる。それの養子にして、お前に組を継がせてやろう」

「どうだって……いい。俺のこと、気持ちよく痛めつけてくれるなら……」

組とか、跡継ぎとか、そんなものは名前以上にどうでもよかった。

今、一番大切なことは、この得体の知れない老人に気に入られること。

そして、どうやって繋ぎ止めておくかということだ。

「貪欲さは、嫌いではない」

佐藤翁が相好を崩す。

奥まった双眸が妖しい光をたたえるのを間近に認め、期待に胸が膨らんだ。

この老人は、どんな痛みや苦しみを与えてくれるのだろう――。

身体が熱を帯び、意識が徐々に薄れていくのを感じながら、そんなことばかり考えていた。

そうして気づいたときには、やわらかな布団に全裸で寝かされていた。

「胡蝶」

重い瞼を開いて、声の主をぼんやりと見上げる。

皺だらけの顔を認めると、自然に笑みが浮かんだ。

「今日からこの離れが、お前の生きる世界じゃ」

佐藤翁に見つめられるだけで、身体が期待に震える。

父や母が与えてくれなかった快感を、この老人なら与え続けてくれる。

そんな確信が、胸にはっきりと芽生えていた。

「いいか、胡蝶。お前が痛みにのたうち、歓喜にうち震える姿が、儂を悦ばせる」

「うん」

佐藤翁は、まるで孫にでも話しかけるように続ける。

「ここにいたければ、儂を悦ばせ続けるんじゃ。分かるな？」

落ち窪んだ瞳の底には、化け物が棲んでいる。逆らおうなんて思うヤツは、きっと馬鹿だ。

「……分かった」

うっとりと微笑んだまま頷くと、ゆっくりと唇を開いた。

「だから、俺を……嬲って――」

この日、胡蝶はようやく、自分の居場所を見つけたのだった。


胡蝶がはじめて男を受け入れたのは、椎崎の養子となって、佐藤翁と盃を交わした日の宴席でのことだった。

紅龍会の構成員は皆よく躾けられていて、三代目会長である佐藤翁のやることに口出しする者はいない。

しかし、中には明らかな嫌悪を示す者もいた。

あからさまに胡蝶へ侮蔑の眼差しを向けたのは、佐藤翁の後継者と噂されていた若頭の剣だ。

顔合わせのとき、剣は胡蝶とひと言も口を利かなかった。

だが、それが当然だと胡蝶自身も思っていた。

ヤクザとはいえ真っ当な人間なら、胡蝶や佐藤翁のような変態に近づきたくはないだろう。

胡蝶は自分が常人とは違った種類の人間だと自覚していたし、それを世間に認めて欲しいとも思わなかった。

ただ、自分だけが満たされていればよかったのだ。

痛みを与えられ、辱めを受け、身も心もズタズタに引き裂かれる悦びが永遠に続くのなら、他人にどんな目で見られようが関係ない。

宴席の場で、佐藤翁は胡蝶を複数の構成員に嬲らせた。

一六〇センチに満たない華奢な身体を、若いチンピラや中年太りした幹部やらに代わる代わる殴られ、犯され続け、胡蝶は何度も悦楽を極めたのだ。

その日から、胡蝶は椎崎組若頭・椎崎胡蝶として、新しい人生を歩み始めた。

しかし、椎崎組若頭という肩書きは、ただの飾りに過ぎない。

何故なら胡蝶は椎崎の家ではなく、佐藤翁の本宅の離れに軟禁されて暮らしていたからだ。離れから出るときには佐藤翁の許しがなくてはならなかった。

養子縁組した椎崎組組長の顔も、うっすらとしか覚えていない。それでも、胡蝶を養子にしたことで、椎崎組は紅龍会二次団体の中でもかなり優遇されるようになったという。

胡蝶にはヤクザの派閥争いや権力闘争などどうでもいいことだった。

だが、名前と生きる場所を与えてくれ、悦楽の極みを教えてくれた佐藤翁には少なからず感謝する気持ちがあった。

たとえ、佐藤翁のペットとして飼われているのだとしても、それに不満を抱くことなど皆無だった。

離れで暮らし始めた胡蝶に、身の回りの世話を任された老婆が、佐藤翁の変質的な性嗜好を勝手に話して聞かせてくれたが、それも胡蝶の期待を膨らませるだけだった。

佐藤翁は胡蝶の他にも、数々の少年たちを玩具にして己の加虐癖を満たしてきたという。薬漬けにして獣と交わらせたり、一度に二人以上のペニスを挿入させたりしたらしい。

もちろん、佐藤翁自らも手酷いセックスを与える。

齢七十を越えてなお矍鑠とし、周囲から《妖怪》と呼ばれ畏怖される老人は、性欲と加虐欲を持て余していたのだ。

あまりに酷い虐待に、少年たちはすぐに耐え切れなくなって、心を病んだり身体を壊したり、命を落とす者も多くいたと聞いた。

胡蝶はそんな話をいろいろな人間から、それこそ耳にタコができるくらい聞かされた。

そして、自分がそんなふうに佐藤翁から痛めつけられる様を想像しては、背筋をゾクゾクと震わせて甘い期待に酔い痴れた。

そうして胡蝶の期待は、すぐに叶えられることとなったのだ――。

盃を交わしてしばらくの間、胡蝶は離れに放っておかれたのだが、ひと月近く経った頃、ふらりと佐藤翁が現れた。

背後には、着衣のままでもその身体つきが容易く想像できる、屈強な男が三人。

「さあ、胡蝶。土産だ」

佐藤翁がにやりと陰湿な微笑みを浮かべた瞬間、胡蝶は男たちによって畳の上へと突き転がされていた。

「うあ……っ」

したたかに後頭部を打ちつけて、軽く目眩を覚える。

佐藤翁の言いつけで伸ばし始めた髪を男に乱暴に鷲掴まれ、顎を突き出したところへ唇を重ねられた。

口腔に送り込まれた生ぬるい唾液を、胡蝶は噎せながら嚥下する。

別の男に着物の裾を乱され、足を大きく割り開かれたかと思うと、裸のペニスを咥えられた。

「ンんッ……!」

直接的な快感に、手足をばたつかせたが、すぐに押さえ込まれる。

「胡蝶、一人で寂しかっただろうと思ってな。今夜はお前を存分に嬲ってやるから、楽しむんじゃよ」

涙の滲んだ瞳を向けると、床の間を背にして佐藤翁がにこやかに座っていた。いつの間にか膳が運ばれていて、佐藤翁は手酌で酒を飲み始める。

まるでボディビルダーか格闘家のような身体つきをした男たちに、まだ幼く華奢な胡蝶が力で敵うわけがない。

いや、胡蝶には抗う気など毛頭なかった。

手足を畳に押さえつけられ、獣じみたキスを与えられただけで、ペニスを硬くするようなマゾなのだ。

傷つけてくれるなら、乱暴に扱ってくれるなら、相手は誰でも構わなかった。

「雪のように白い肌、墨を流したかのごとき黒髪に、痛めつけられるほど歓喜の声をあげる類い稀な天性の被虐嗜好……。儂はいつか、お前を殺してしまうかもしれんなぁ……」

一人で盃を傾けながら、佐藤翁が楽しげに語る。

胡蝶は足首に鎖を繋がれ、尻にヒョウ柄の尾がついたアナルビーズを埋め込まれたまま、飼い主を見やった。

和服を着て胡座をかいた佐藤翁が、落ち窪んだ闇色の瞳で胡蝶を見つめている。

「あ、あ……っ」

ペニスに嵌められたコックリングに、先走りが伝って落ちる様を、胡蝶は目にしなくても容易く脳裏に描くことができた。

男たちが代わる代わる、異物を埋め込んで増強させた醜い勃起を胡蝶の小さな口に押し込む。

「ンンッ……はぁっ……あ、ぐぅっ」

——ああ、凄く……気持ち、いい……っ。

乱暴でリズムもへったくれもない律動に、喉の奥を突き上げられるのが嬉しくて仕方がない。涙や唾液、そして男たちの精液で顔が汚されることすら、胡蝶にとっては愛撫だった。

「もっといたぶってやりなさい。なんなら、切りつけてやってもいい」

バイブ機能付きのアナルビーズの音が和室に流れていた。振動に合わせてシッポが揺れる。

「会長、本当に……？」

男の一人が問う声に、佐藤翁が緩慢に応えるのが聞こえた。

「構わん。胡蝶も悦ぶ」

男と佐藤翁の会話の意味を、どろどろの快楽に溺れる胡蝶は理解できなかった。

ただ、口いっぱいにペニスを咥えて、舌を巻きつけながら「もっと虐めてくれ」と強請り続けるばかり。

鼻腔と繋がる部分までペニスで埋め尽くされて、息をするのも辛い状態だった。それでも、身体は歓喜にうち震え、縛められたペニスからは先走りがダラダラと溢れている。根元をきつく締めつけられているせいで、イきたくても勝手にイけない。

だが、そのもどかしさが、余計に胡蝶を淫欲の海の底へと引き摺り込む。

「んっ……ぐぅっ」

あまりに激しく喉を突かれた衝撃に思わず嘔吐いたとき、胡蝶は視界の端に何かが光るのを認めた。

そうして、次の瞬間――。

「っン……っ？」

小さな電子音を立て、アナルビーズのシッポが揺れる。その右の尻朶に、鋭い痛みが走った。

「んっ……ふん、むぅっ……」

痛みは続けて何度も襲いくる。

熱い衝撃が走り抜けた後に、ひんやりとした感覚が尻を覆い、それが何度も繰り返された。

「は、がぁっ……んあっ……な、は……ぁっ！」

左の尻にも痛みが走ったとき、胡蝶は堪らず咥えていたペニスを吐き出した。そして、四つ這いのまま後ろを振り返り、涙に濡れた瞳を凝らす。

「あ」

胡蝶の腕と肩を押さえつける男たちの向こうに、日本刀を振りかざした男が立っていた。

胡蝶は一瞬、何が起こっているのか分からなかった。

だが、刀が風を切り、男が奇声を発した直後、再び鋭い痛みが尻に走り抜け、自分が斬り刻まれているのだとやっと理解する。

「あぁ……っ！」

見れば、刀は血で赤く染まっていた。

きゅうん、と。

コックリングを装着したペニスが、さらに充血するのを感じた。

銀の金具が薄い皮膚に食い込んで、下腹が痛みを訴える。

自分の尻がどうなっているのか、胡蝶は確かめることができない。

だが、丸く白い尻が、それこそ桃のように斬り刻まれているのを想像した瞬間、胡蝶は全身をぶるりと震わせた。

「あぁ……、す……ごぉ……いっ」

津波のような快感に、ペニスがまた大きくなる。

肩越しに振り返った胡蝶がうっとりとした眼差しを送ると、刀を手にした男が口角を引き上げニヤリと笑った。

返り血が飛び散った逞しい腹筋に、胡蝶は思わず目を奪われる。

「もっと、斬って……」

遠くの方で、佐藤翁が笑う声が聞こえた。

その下卑た笑い声に、胡蝶はさらに肌を震わせる。

「はぁっ……あ、ああ、もっと……」

何故、佐藤翁には、自分がずっと欲してきたものが分かるのだろう。

どうして、求める痛みや苦しみを、こんなにも与えてくれるのだろう。

「変態め」

吐き捨てて、男が刀を振り下ろす。

「ぅあ……っ！　あ、あぁっ……い、いぃっ！」

歓喜の声をあげたところを、別の男の手に頭を押さえ込まれた。

「ほら、しっかりしゃぶれっ」

「むっ……ぅんっ」

放り出されて少し萎れたペニスを、男が無理矢理胡蝶の口に捩じ込んだ。

胡蝶は素直に舌を絡め、頬を窄めて吸い上げてやる。やわらかいままでは、喉の奥を十分に突いてもらえない。

「ふっ……ん、ぅん……っ」

気づけば、肩を押さえつけていた男が、胡蝶の薄い胸を弄り始めていた。触れられる前から赤く充血して勃起していた乳首に、男は安全ピンを突き刺そうとしている。

「じっとしとけよ、小僧」

胡蝶はうっとりと、ペニスを咥えたまま頷いた。

そこへ、また尻を斬りつけられる。

もう、何がなんだか分からない。

ただ、気持ちいいばかり。

今まで与えられたことのない痛みや苦しみは、胡蝶の限界を一気に越えていく。

胡蝶はいつしか泣きじゃくりながら、男たちの責め苦に喘ぎ悦んでいた。

佐藤翁が、じっと見つめる視線だけが、胡蝶の意識を辛うじて繋ぎ止めてくれている。

――俺を満たしてくれるのは、この爺さんだけだ。

抜け出すことのできない歪んだ快感の中で、胡蝶はそんなことを思っていた。

ここにいれば、この世界にいさえすれば、ずっとこうして痛みに飢えることなく生きていけるに違いない。

「はぁっ……ふっ……んむぅっ」

咥えたペニスが、熟した果物がその実を弾けさせるように膨れ上がり、いきなり射精した。

「ぐぅ……ンッ」

夥しい量の熱い精液が、咽頭を直撃する。

噎せ返るような濃い臭いに顔を顰めたが、吐き出したりなどしない。

恍惚の表情を浮かべる胡蝶を押さえつけ、男は最後の一滴まで絞り出す。

頭上から獣じみた咆哮が聞こえた。

それがまた、胡蝶の興奮を煽り立てる。

「はっ……ぁんっ！」

そのとき、胸にピリッとした痛みが走った。

きっと、乳首を安全ピンの針が貫通したのだろう。

「へへっ、似合うじゃねぇか」

上擦った声をすぐそばに聞きながら、胡蝶は銀色の小さな器具が胸でいやらしく光るのを想像する。

すると、それだけでまた勃起したペニスが熱くなった。

そこへ、頭上から男が低く命じてきた。

「全部、飲めよ」

ずるりとペニスを胡蝶の口から引き抜きながら告げる。

胡蝶は命じられるまま、何度かに分けて男が吐き出したどろりとした精液をすべて飲み干してやった。

「んっ、ぅんっ……」

尻は血で濡れて、真っ赤に染まっているだろう。

きっと、畳も替えなくてはならないくらい、血で汚れているに違いない。

……ああ。

乳首の安全ピンは、しばらく着けたままでいよう。

これまで経験したことのない快感と興奮に溺れながら、胡蝶は幸せに満たされていた。

「あっ……あぁっ、いいっ！　きもち……いぃよぉっ」

尻を自ら高く掲げ、胸の安全ピンを自由になった右手で摘んで引っ張りながら叫ぶ。

佐藤翁が、見ている。

垂れた瞼の下、奥まった小さな双眸に見つめられるだけで、胡蝶は期待に胸を躍らせた。

ああ、もっと見て。

もっと虐めて。

嬲って、殴って、突き刺して、斬り刻んで――。

刀が風を切る音が、徐々に聞こえなくなっていく。

自分の声すら、まともに聞き取れない。

それでも、身体は熱いままだ。

コックリングのせいで射精はできないが、ドライで何度も達している。

肌を斬り刻まれるのが、こんなにも心地よいものだったなんて……。

「ひっ……うぁんっ……はぁっ……はぁっ！」

「おい、リングを外して、しっかりとイかせてやれ」

誰かが命じる声を聞いた直後、胡蝶は畳にぐらりと頽れた。

視界がぐるんと回って、前庭神経が圧迫されたような不快感を覚える。

胡蝶は意識を朦朧とさせたまま、澱んだ視界に目を向けた。

目の前の畳が、血で真っ赤だ。

血だまりができて、微妙にあたたかい。

下腹で金属音がする。

ペニスを扱かれたような気がしたが、痛みに勝る快感は得られない。

「会長、コイツのペニス、切り落としてやってもいいですかね？」

――え？

言葉の意味をぼんやりと察して、胡蝶のペニスが期待に震えた。

まだ幼さの残る、勃起して赤く充血したこのペニスを、あの刀で切断されたら、どんな快感が味わえるのだろう……。

絶頂の余韻醒めやらぬ中、胡蝶は喉を大きく喘がせた。

だが、その期待はあえなく打ち砕かれる。

「馬鹿者が、それは本当に最後の楽しみじゃ」

佐藤翁の言葉で呆気なく却下され、胡蝶は落胆に涙を零すと同時に、意識を手放した。


かつて、溢れるほどの快楽に溺れて過ごした日々を夢見ながら、胡蝶はふと違和感を覚えた。

――誰、だ？

全身を焼かれるような熱と痛みに浮かされ、意識が朦朧とする中、胡蝶はうっすらと目を開いた。

間接照明の淡いオレンジの光は、澱んだ目で対象物をしっかり捉えるには頼りない。

しかし、ベッドのすぐそばに、確かに人の気配がする。

「はぁ……っ」

声に出して呼びかけようと思っても、唇から漏れ出るのは熱を帯びた苦しげな吐息ばかり。

今日のプレイで負った怪我のせいで発熱したのだと覚るまで、胡蝶は随分と時間を要した。座薬を処方されていたが、発熱を抑えられなかったらしい。

その間も、ベッドのまわりでは何者かが静かに動き回っている。

胡蝶は懸命に重い瞼を大きく見開こうとしたが、熱のせいか、脳から発せられた指令が瞼を動かす筋肉に届くことはなかった。

やがて、黒い人影がベッドの左側からそっと近づいたかと思うと、胡蝶の頭の下から氷枕を抜き取った。

するとそのとき、胡蝶の鼓膜を心地よい鈴の音がくすぐったのだ。

リリ……ン。リン……。

――リン、か……？

大きな掌が優しく胡蝶の後頭部を支え、すぐに新しい氷枕を差し入れてくれる。

熱をもった項に触れた掌は、氷枕を準備したせいかとても冷たく感じられた。

胡蝶の首に負担をかけることなく易々と抱える分厚い手が、何故か苦しいくらいに心地いい。

ゆっくりと氷枕に頭を下ろされると、胡蝶は知らず安堵の溜息を吐いていた。

「……はぁ」

その様子に安堵してか、谷地中が背を向ける。

霞んだ視界の端でゆっくりと動く大きな人影を、胡蝶はぼんやりと見つめていた。

谷地中は、胡蝶の虚ろな眼差しに気づいていないのだろうか。

サイドテーブルの上で水音を立てたかと思うと、冷たいタオルで胡蝶の汗ばんだ身体を拭い始めた。

「はっ……」

ひんやりとしたタオルが身体に触れるたび、胡蝶は無意識に吐息を漏らした。

傷だらけの身体に触れる谷地中の手は、その屈強な体躯に見合わずとても繊細に動き、痛みを欠片も感じさせない。包帯で覆われた部分を除けながら、首筋や脇の下、下肢などを丁寧に拭っていく。

——どうせなら、痛くしてくれれば……いいのに。

優しく扱われることに不慣れな胡蝶は、谷地中の手つきに苛立ちを覚えずにいられない。

谷地中がほぼ全身を拭い終える頃には、怪我による熱ではなく、もどかしい怒りにも似た感情が胡蝶を熱くしていた。

しかし、だからといって、主の命令をまるで聞かない身体で言葉を発することはできず、いつものように谷地中を罵ることは叶わなかった。

「はぁっ……ハァ、はぁ……」

ただ瞼をぎゅっと閉じて、熱い息を吐き、眉間に皺を寄せるくらいだ。

そんな胡蝶の心中も知らず、谷地中はときどき鈴の音を鳴らしながら、甲斐甲斐しく世話をしてくれる。

ひととおり胡蝶の身体を拭い終えると、今度は汗を吸って重くなった羽毛の掛け布団を交換してくれた。

そうして最後にもう一度、冷たいタオルで胡蝶の額を拭うと、そっと掌を頬に添えた。

――え……？

谷地中は胡蝶の右の頬にただ手を添え、じっとして動かない。

その真意を計りかねつつも、胡蝶は瞼を閉じていることしかできなかった。

そうして、数分が過ぎた頃、谷地中はおもむろに手を放すと、鈴の音を響かせて静かに寝室を出ていった。

「はっ……はぁ、は……」

鈴の音が聞こえなくなると、途端に胡蝶は身体が軽くなったような錯覚を覚えた。

全身に重くのしかかるようだった熱が引いていく。

——なんで……。

頬を包み込んだ大きな掌の感触を思い出しながら、胡蝶はやがて静かに安らかな眠りに落ちたのだった。

三

胡蝶が手首に大怪我を負って、一週間ほどが過ぎていた。

「聞いたぞ」

打撲による腫れがようやく引いてきた胡蝶に、ダークスーツを着こなした男が淡々と告げる。紅龍会四代目・剣直嗣だ。

剣は月に一度、視察という名目で『Butterfly』にやってくる。その本来の目的は、胡蝶が剣との約束をきちんと守っているか、確かめることだ。

「どこぞの党首を出入り禁止にしたそうだな。わざわざ第一秘書が文句を言いに俺のところに訪ねてきた」

天蓋付きのベッドに横たわったまま、胡蝶はまるで他人事のように知らん顔をする。ベッドの陰には谷地中が息を潜めるようにして立っていた。

「例の薬はお前自身が使うだけという約束だったはずだ」

寝室の中央に置かれた応接セットのソファに腰かけたまま、鋭い眼光を胡蝶に向けて淡々と続けた。その背後では、秘書で会長補佐の本山が控えている。

「万が一、この店から重症者や死人が出たらどうする。紅龍会では一切、尻拭いはしないと言ったことを忘れたのか」

「剣さんに心配されなくても、自分の尻拭いくらいできる。それに、この俺が客を殺すような下手をうつと思ってンの？」

ちらりと視線をやって嘯くが、剣は微塵も表情を動かさない。

「では、お前が死んだ場合は誰が尻を拭うんだ？」

胡蝶の身体にはまだあちこち包帯が巻かれていた。赤くずる剥けた手首の傷はいまだ乾くことがなく、毎日専属の医師によって薬が塗布されている。

「来るたびにどこかしら怪我をしていたが、近頃は随分と酷い傷を負っているように見えるが？」

剣が目を眇め、胡蝶の手首や痣の残る身体を見やった。

「俺がラムネで廃人になるか、客にヤり殺されるんじゃないかって、心配してンの？」

少しでも動くとチリリと痺れるような痛みが走る身体をベッドから起こすと、胡蝶は素裸に包帯だけをまとった身体を剣に見せつけるようにして微笑んでみせる。

「先代に殺されたっていう、アンタの息子みたいにさ……」

そう言った瞬間、剣がわずかに頬を引き攣らせるのが分かった。

胡蝶は、剣の息子が佐藤翁の玩具にされた末に廃人となったことを知っている。

また、その原因も聞き及んでいた。

剣は当時、若頭の地位を手に入れるため、若さと浅慮の果てに息子を佐藤翁に奪われたのだ。

胡蝶は他でもない佐藤翁本人に嬉々として聞かされた。

《妖怪》と恐れられた老人は、己の醜い欲望とその対象にされた者の末路を自慢げに吹聴する癖があった。

「俺もアンタの息子みたいに、あの変態ジジィに殺されていればよかったのになぁ。そうしたら今頃、アンタもこんな面倒に巻き込まれずに済んだだろうに」

嫌みたらしく告げると、剣はしばらく胡蝶をまっすぐに睨みつけていたが、やがて嘆息すると背後に控えた本山へ何かを耳打ちした。

——聞きたくない話は、無視か。

紅龍会四代目といっても、剣も所詮、ただの人……。

胡蝶に『Butterfly』という居場所を与えてくれても、佐藤翁のように心身を満たす暴力はけっして施してくれない。

——つまらない男だ。

胡蝶は剣に侮蔑の眼差しを向け、そうしてベッドに突っ伏した。もうすっかり剣との会話に飽きてしまったのだ。

「ところで」

しかし、剣にはまだ何かしら用件が残っているらしい。

「この場に若頭の小路を同席させないのは何故だ」

剣の問いかけに、胡蝶は無言でベッドの陰に隠れるように立つ谷地中へ目を向ける。

「……俺は誰も信用していないからね」

ぶっきらぼうに言いながら、胡蝶は白くすんなりと伸びた足をパタパタと動かした。

「小路は使える男だけれど、それだけ。頭がいいだけに、いつ俺を裏切るか分からない。けれど、リンは違う」

そう言った瞬間、陰に潜む男の奥まった双眸がじっとりと熱を孕んだような気がして、胡蝶は目を瞬かせた。

――リン？

「ほう……。どう違うんだ」

剣が興味を示す。

「アンタも知ってるだろ。リンが口が利けないこと。チンコが勃たないこと」

「つまり、お前に害をなす要素が皆無ということか」

胡蝶は谷地中を見つめたまま、剣の言葉に頷いた。

「そう。それに、身体は頑丈そうだから、もしこの場で俺に何かあっても盾ぐらいにはなるだろう？」

答えつつ、胡蝶はどうしてか谷地中から目が離せなかった。

いつもなら胡蝶と目が合うとすぐに目を伏せる谷地中が、今は何故か、まるで応えるように見つめ返してくる。

甲斐甲斐しく世話を焼きながら、けっして胡蝶の要求には応えない、理解不能な谷地中。

その目が今、まるで獲物を狙う肉食獣のように爛々として見えるのは、気のせいだろうか。

「俺がお前に直接手を下すとでも？」

少しの間をおいて、剣が可笑しそうに言った。

「いいや。アンタじゃなくて、そこのおとなしそうな顔した男とか、紅龍会の他の人間とか……。何かの機に乗じて俺を殺そうって狙ってるヤツがいることぐらい知ってる」

本山が舌打ちするのが聞こえたが、胡蝶は谷地中から視線を外さなかった。

「その男がお前を殺すとは思わないのか」

重ねて、剣が問いかけてくる。

すると胡蝶はようやく瞼を伏せた。そして、ゆっくりと剣へ向き直り、赤い唇を引き攣らせるようにして笑ってみせる。

「リンが？　アハハッ……できるものなら、殺してほしいモンだな」

答えながら、本気でそう思っていた。

「お前と話をしていると、胸糞が悪くなる」

短く吐き捨てると、剣がすっくと立ち上がった。

「もうお帰りですか、四代目？」

胡蝶が揶揄うのにも取り合わない。

「この後、店の帳簿と客の利用状況を確認させてもらう」

言いながら、さっさと寝室を出ていこうとする剣の背に、胡蝶は高らかに言い放った。

「帳簿に上乗せとかしてないから安心してよ。約束どおり、上納金はちゃんと納めるからさ」

「そういう話は小路に確認する。お前は一日でも早く怪我を治すんだな。あと、あまりハメを外すな」

背中越しに言い残し、剣は樫の扉から出ていった。

「おい、谷地中」

残った本山が扉を開け放ったまま、谷地中を呼ぶ。

「会長を下まで案内しろ。俺は店のフロアを見て回るよう言われているんだ」

呼びつけられ、谷地中は胡蝶に軽く会釈をしてから剣を追って寝室を出ていく。

「お姫様は一人で大丈夫か？」

本山が下卑た笑みを浮かべるのに、胡蝶はムッとして睨み返す。いくら谷地中が胡蝶の専属だといっても、紅龍会のトップである剣の命に背くことは許されない。

「金魚の糞こそ、一人残されて迷子になるなよ」

忌々しげに吐き捨てると、本山は派手な舌打ちをして扉を閉じたのだった。

「アイツと何を話した？」

剣の訪問を受けた日の夜、胡蝶は夕食の世話に現れた谷地中に問いかけた。

谷地中は一瞬だけ驚いたように動きを止めたが、すぐにグラスに水を注ぎ始める。

昼間、剣とこの寝室で話をしていたとき、胡蝶は谷地中が自分に向けた視線に違和感を覚えていた。

「……って、訊いたところで、お前が答えられるはずがないか」

そう呟きつつも、むず痒い感覚を払拭したくて堪らない。

「剣……。アイツ……油断ならない」

胡蝶は剣のことを毛嫌いしている。生理的に無理な人種なのだ。

何よりも、剣には先代を殺したのではないかという疑惑があった。

息子を差し出すことで若頭の地位を手に入れ、その後、誰よりも佐藤翁に従順な男だと評されていた剣だが、胡蝶はそうは思わない。

あからさまに剣を厭う胡蝶に、小路などは首を捻るばかりだ。

『先代が誰より可愛がっていたからこそ、四代目も特例を認めてくれたんじゃないんですか』

そう言って剣を疑う素振りを見せない。

――まあ、頭の中じゃどうか知らないけど……。

そんなことよりも、今は目の前の口が利けない男から、どうやって答えを引き出すかだ。

谷地中はふだんと変わらない様子だが、いつも以上に首輪の鈴が音を立てているような気がした。

「今日、ふと思ったんだけど。……リン、お前さぁ。アイツが来るたびに同席するように呼びつけられてるよな」

自分がいないところで何をしているのか。

今までは気にならなかったことが、今夜は何故か無性に気になって仕方がない。

「あの男に何か言われたのか？　アイツ、本当は俺をココから追い出したいんじゃないだろうな？」

疑念はどんどんと胡蝶の胸の中で大きくなる。

リリ……ン。リン。

すると、谷地中が首をフルフルと左右に振って、いつになく情けない表情で胡蝶を見つめた。

まるで、そんなことはないとでも言うように……。

「まあ、何か言いつけようとしたって、お前じゃ無理か」

胡蝶は谷地中の仕草にホッと胸を撫で下ろした。

剣が谷地中を問い質したところで、胡蝶に後ろ暗いことなど何もない。すべてあるがままを、剣に見せつけてきたのだから。

「けれど、リン」

身体に負担がかからないよう、薄味に仕上げられた中華粥を小鉢によそう谷地中に、胡蝶は鋭い眼差しを向けて言った。

「もし俺を裏切るようなことをしたら、声だけじゃない……その役立たずのチンコを切って、そうして嬲り殺してやるからな」

言いながら、胡蝶はその情景を想像して肌を戦慄かせた。

リン……。

谷地中が手を止め、まっすぐに胡蝶を見つめる。

「それとも、俺のを切ってみるか？」

思いがけず谷地中の視線を浴びて、胡蝶は劣情を抑えることができなくなる。

軽い羽毛の上掛けを払い除けると、包帯だけが巻かれた身体を谷地中の眼前に惜しげもなく晒し、ゆるく勃ち上がり始めているペニスを見せつけた。

リン、リリン……。

だが、谷地中は瞼を伏せると、さっきとは違ってゆっくりと首を振ってみせる。

それは、明らかな拒絶だ。

悲しそうな、それでいてどこか哀れみを含んだ表情に、胡蝶は思わずカッとなった。

「ふざけるなっ！」

激情のまま叫ぶと、サイドテーブルにのせられていた料理や食器を、包帯が巻かれた手で払い落とした。

「昼間、物欲しそうな目で俺のことを見ていたくせに……っ！」

谷地中は茫然としていたが、すぐに我に返った様子でベッドへ駆け寄ってきた。そして、暴れる胡蝶の身体をやんわりと抱き竦める。

「馬鹿っ！　放せっ……放せよ！　誰が触っていいって言った！」

まだ塞がっていない傷口から、じわりと血が滲むのが分かった。

リン、リリ……ン。リン。

胡蝶が暴れると、谷地中の首輪の鈴が休みなく音を立てる。

それがまるで、谷地中の声のようだった。

やめてくれ。

じっとしてくれと、鈴の音が胡蝶に告げる。

「お前なんか優しいだけで、俺の願いを何も満たしてくれないくせに……っ」

谷地中は大した力も入れていないだろうに、胡蝶は頑強な腕の中で小さく身じろぐだけで精一杯だった。

厚い胸と逞しい腕にすっぽりと包み込まれて、手を小さくばたつかせ、ギャーギャーと喚くことしかできない。

それがまた余計に、胡蝶を苛立たせた。

「なあ、リン。俺に本気で従ってくれてるんなら、殴ってくれよ？」

抱き竦められたまま見上げて問いかけるが、谷地中は鈴を鳴らして首を振るばかり。

「……な、んで」

満たされない欲望が焦燥となって、いつしか胡蝶の身体を熱くさせていった。

包帯の下で開いた傷から、赤い血が滲み出ている。足首と手首に巻かれた包帯が、少しだけ赤く染まっているのが目に入った。

「簡単だろ？　殴れよ。なぁ、リン」

しかし、谷地中はどれだけ命じても、胡蝶の望む暴力を与えてくれない。

ふるふると首を振ったかと思うと、血の滲む手首へそっと唇を寄せ、口付けの真似事をしてみせる。

「な……っ」

思いもしなかった谷地中の行動に、胡蝶は思わず首を竦めた。

驚きに、心臓が早鐘を打つ。

瞠目して見つめる胡蝶を、谷地中が困惑顔で見つめ返してきた。

「リ……ン？」

それは、胡蝶がはじめて目にする表情だった。

昼間のベッドの陰で認めたものとはまた異なる苦しげな表情に、胡蝶は戸惑うばかり。

「え」

そうしてハッと気がついたときには、谷地中の右手が胡蝶の股間へ伸びていた。

逃げる暇もない。

細い腰を横抱きに捕まえられたかと思うと、大きな手が中途半端に勃起していたペニスをやんわりと包み込む。

「あ……っ」

痛みとはまるで逆の、胡蝶が苦手とする曖昧な快感が背筋を駆け上がった。

「やめろっ……リン！」

命じても、谷地中は聞く耳をもたない。鈴の音をさせながら、やたらと丁寧に、そして優しく、胡蝶の細身で子供っぽいペニスを愛撫する。

「い、いやだっ……リン！　放せっ……あ、馬鹿っ……こんな、違う……」

胡蝶の髪や身体を洗うときと同じ、穏やかでゆるゆるとした触れ方に、胡蝶はわけもなく翻弄された。

痛みも苦しさも伴わない、ただ心地いいだけの快感は、胡蝶を酷く混乱させる。

「め、命令だっ……すぐに、放せっ……。リン、やめっ……あ、あ……」

涙目になって見つめると、ほんのりと目許を赤く染めた谷地中の顔があった。

大きくて器用な手が与える愛撫は優しくて甘いのに、そのくせ、目つきばかりは熱い。じっと見つめられていると、視線に焼き殺されそうなほどだ。

「リン……放せってばぁ……っ」

鈴の音が、絶えず胡蝶の鼓膜をくすぐる。

谷地中の目を見れば、胡蝶に特別な感情を抱いているのは明らかだった。

「痛めつけ……てくれないならっ……おれに、触る……なっ！」

いったい、いつから谷地中はこんな目で自分を見るようになっていたのか……。

激しい混乱の渦に巻き込まれながら、胡蝶は疑念を抱かずにいられなかった。

口が利けない、ただ従順な男……。

そう思っていた谷地中に、店の客とはまるで逆の優しい手で触れられ、戸惑いながらも高みに押し上げられていく。

「はぁっ……あ、も、嫌だっ……あ、こんなっ……こ、とで……イきた……くな……っ」

違和感と苛立ちが募るのと比例して、甘い快感がせり上がってくる。

リン……。

リリ……ン。リン。

鈴の音と、自分の喘ぎが重なって、もう何がなんだか分からない。

知らない。

こんな甘い快感は、知りたくもない……。

「い、や……ぁ」

あえかな嬌声を放った直後、胡蝶は谷地中の大きな手の中で精を放った。

「はぁっ……はっ」

絶頂の余韻を楽しむ余裕など、胡蝶にはなかった。

ただ愕然として、汚れた下肢を丁寧に拭っていく男の手を見つめる。

——あんなことで、イクなんて……。

激しい暴力を受けずに射精したことに、胡蝶はショックを隠し切れなかった。

しかし、動揺して茫然とする胡蝶とは裏腹に、谷地中はすっかり落ち着いた様子で後始末を続けている。

大きな身体が動くたび、鈴の音が軽快に室内に響いた。

「……おい」

されるがままに身繕いされながら、胡蝶は谷地中に告げた。

目は、合わせない。

「気持ちよかったわけじゃない。生理反応だからな」

自分の身体が見せた反応が、信じられない。

「あと、二度とこんなふうに俺に触るな……」

ボソボソと張りのない声で告げると、谷地中は鈴を揺らして小さく頷いたのだった。

しかし――。

この日から、胡蝶の就寝前には必ず、谷地中が触れてくるようになった。

二度目の夜、胡蝶は本気で抵抗した。

だが、暴れたところで癒えていない傷口が痛み、その痛みに谷地中が与える甘い快感が重なって拒み切れず、ずるずると手淫を施されてしまった。

その後は、なし崩しだった。

けっして、気持ちよくはない。

なのに、大きな手で優しく触れられると、どうしてか身体が昂ってしまう。

しかし、谷地中にペニスを愛撫された後、胡蝶はこれまでになく安らかで、深い眠りにつくことができた。

「いいか、リン。よく聞け」

本意でない手淫が三日も続くと、胡蝶は己に言い訳が必要になった。

谷地中を目の前に立たせ、きつく命じたのだ。

「俺は別に、お前に触れられるのを許したわけじゃないし、気持ちがいいわけでもない。お前がしていることは、俺にとって睡眠薬を飲むようなものだ。分かったか」

こうでも言っておかないと、自分の中で何かが崩れそうだった。

胡蝶の言葉に、谷地中は黙って頷き、小さな鈴が軽やかな音を立てたのだった。


「受ける……って、その身体でですか？」

ベッドのそばに立った小路が、あからさまに不機嫌そうな顔をして異を唱える。

某党首とのプレイで全身に傷を負った日から、二週間あまりが過ぎていた。身体中の傷はほとんど癒えたが、手首にはまだ包帯が巻かれている。

剣の訪問を受けた日の夜以来、谷地中の手で優しく愛撫され、穏やかな眠りに就く儀式めいた行為も続いていた。

「この身体だからこそ、この上ない痛みが味わえるだろう？」

大きくてやわらかなクッションを背に座ったまま、胡蝶はにやりと微笑んでみせた。

「そうやって傷が完治しないうちに客を取ると、後々に響くことが分からないんですか？」

小路が呆れたとばかりに溜息を吐く。

東側をガラスで覆われた胡蝶の寝室で、胡蝶は小路と今日の予約の確認と打ち合わせをしているところだった。今日の打合せといっても、時刻はもう夕方過ぎ。

『Butterfly』の開店時間は、夜の二十一時だ。

「駄目とか言うなよ。俺は椎崎組の組長だ。そしてこの店のオーナーは俺で、客は俺を指名しに来る。何カ月も前から予約して、ようやく俺の前に立てるんだ。店の都合で予約日が変更になってもクレームは受け付けない規約になっていても、客に見限られたら俺たちが……この店が終わりだってことぐらい分かってるだろ？」

まるで子供のように言い張る胡蝶に、小路はやれやれといった様子で言い返す。

「だからこそ、しっかり治るまで店に出るのはやめてくれと言っているんですよ。それに、組長が休んでいても、私や他のスタッフで充分に上納金ぐらいは稼げるんです。だから安心して治療に専念してください」

「お前はいいよな、毎日お楽しみでさ。視姦ルームは随分と盛況だそうじゃないか」

胡蝶は嫌みたらしく小路を睨みつけた。

他人の視線に感じる性癖を持つ小路は、『Butterfly』では比較的手軽な料金設定の視姦ルームの売れっ子だ。

円筒型の室内に一人で入り、そこでストリップさながらの手順で裸になって自慰に耽る。

その小路の姿を、部屋の周りに設えられた個室から、客が自由に視るのだ。

巷によくあるマジックミラーで囲われた部屋はなく、『Butterfly』の視姦プレイルームはすべてガラス張りになっていて、客の姿も丸見えだった。

そうやって互いに丸見えにすることで、より高い興奮を得られると口コミで評判となり、視姦プレイルームは開店以来繁盛していた。

ちなみに、プライベートを気にする客は店が用意した仮面で顔を隠すことも可能だったが、ほとんどの客が素顔を晒してプレイに耽っているのが現状だった。

「私にあたったところで、何も解決しませんよ」

小路は低くそう言うと、まっすぐに胡蝶を見据えて続けた。

「組長の気持ちも、考えていることも分かります。ですが、そう思うならなおさら、もう少し身体を大事にしたらどうなんです」

「お前、何も分かってないな。加減してどうするんだ。そんな中途半端じゃ意味ないだろう？」

ただ鞭で打たれるだけでは物足りない身体。

胡蝶にしてみれば、より強い痛みを求めてこそ意味があるというのに、小路にはそれが理解できないのだろうか。

侮蔑の眼差しを向ける部下を睨み上げ、胡蝶は吐き捨てた。

「とにかく、この傷がある今だからこそ、指名を受けるって言ってるんだ。それに、予約待ちの期間がこれ以上長くなると、本気で客離れが心配だ。いい気になって、まともに予約を取る気がないなんて悪評を立てられても困るだろう。放置プレイは好きなくせに、俺の指名待ちはできないっていう、我儘な客もいるからな」

胡蝶がわずかに怒りと焦燥を滲ませると、小路が深く頷いた。

「確かに、一年近く待っていただいている客もいますからね。組長が無茶して怪我するたびに、待ち日数が延びるんですから。クレームやキャンセルされることを考えると、まあ……多少の無理は仕方ないと言えなくもない……」

「だろう？」

小路が渋々といった顔で呟くのに、胡蝶は満面に笑みを浮かべた。

本来なら、怪我をしていようが熱があろうが、胡蝶は毎日でも責め苦に喘いでいたい。

射精は単なる生理現象で、胡蝶が求める絶頂はもっと遠い高みにある。

死にも至りかねない痛みや苦しみに喘ぎながら迎える一瞬こそが、胡蝶が求める究極の絶頂だった。

《妖怪》と呼ばれた三代目・佐藤翁が死んで以来、胡蝶はただひたすらその崇高で唯一無二の瞬間を求めている。

そのために紅龍会に残り、『Butterfly』を始めた。

自分の被虐癖を満足させてくれる――佐藤翁に成り代わる人物を求め、この二年間、胡蝶はひたすら己を痛め続けてきたのだ。

「射精するだけで満足なんて、馬鹿馬鹿しい。イッたら終わりだぞ？　信じられるか？」

「組長だけですよ、そんな屁理屈。ふつうの人はそれでいいんですよ」

「ふつうじゃないから、ココにいるんだろう」

「はいはい、そうでしたね。お陰で私も行き場を得られて感謝しています」

小路は話を切り上げるように言って、くるりと背を向ける。

「じゃあ、今夜二十三時に大河内《おおこうち》様の予約を入れておきます。部屋は三階のいつもの和室でよろしいですね」

「ああ、あの大臣は和服フェチだからな」

やわらかなベッドの上で寝返りを打ちながら、胡蝶は四十歳にして内閣参入を果たした男の顔を思い起こす。まだ若さのある男らしい体躯を脳裏に浮かべ、今宵のめくるめく快楽を妄想して、小さく口許を綻ばせた。

「小路、下に行ったら、リンに来るように言ってくれ。今夜着る、着物を選ばせるから」

「分かりました。衣装部屋ではなく、こちらで？」

「ああ、先に風呂に入るから、手伝わせる」

「分かりました」

会釈して小路が寝室から出ていくと、胡蝶は大きな溜息を吐いた。

谷地中は店の雑務全般と、胡蝶の身の回りの世話を仕事にしている。

見目と体格のよさから小路は谷地中も店に出せばいいと言うのだが、胡蝶は頑として譲らなかった。

『リンは三代目の置き土産だ。だから、アレは俺の専属にする。俺と《Butterfly》の雑用係だ』

組長である胡蝶の言葉に、椎崎組の構成員でしかない小路が異を唱えられるはずもなかった。

以来、谷地中は店の表側には一切姿を出さない雑用係として、日々の勤めを淡々とこなし続けている。

「……忘れていたな。新しい首輪を買ってやるんだった」

ベッドの上に大の字になり、天蓋を見上げて胡蝶はぼそりと零す。

四代目となった剣との契約は、胡蝶にとって少しだけ煩わしい部分があった。

このビルの中では胡蝶は何をしても許される。

まさに、王だ。

だがそれは同時に、このビルの外では生きられないということでもあった。

剣は、椎崎組にこのビルを与え、『Butterfly』の営業を許した代わりに、胡蝶にこのビルから一歩でも外に出ることを禁じたのだ。

それは、三代目と繋がりのあった各組長や幹部、関係者を紅龍会から粛正した剣にとって、最大限の譲歩であった。

胡蝶ももちろん、それを承知している。

三代目に所縁のあった者で、以前とほぼ変わりない立場を与えられた者はいない。幹部だった者は紅龍会から追放された。一部ではそれを免れた者もいるが、かつての地位から引き摺り下ろされている。

だが、胡蝶と椎崎組だけが、ビル一棟だけとはいえ組の存続を許されたのだ。

かつて佐藤翁に重用された者たちから、胡蝶は妬みを買って当然の立場にある。

もし、外に出れば、命を狙わて当たり前と考えるのが、この業界の常識だ。

つまり、胡蝶にとってこのビルの中だけが、安住の場だった。

「ネットで注文すると、リテイク出すのが面倒なんだよな。……かといって、ここへ呼びつけるのもいろいろ手間だし……」

今、胡蝶は手首の包帯以外は、下着しか身につけていない。

ふだんから胡蝶は、この最上階のプライベートフロアでは裸で過ごす。

客によって傷つけられた痛々しい身体を、いつでも鏡に映して堪能するためだ。

直接的な痛みには劣るが、傷痕はプレイを思い出して自慰に耽るとき、格好のおかずになる。

また、胡蝶は醜い傷痕の残る身体を鏡に映し、うっとり眺めながら酒を飲むのを唯一の趣味としていた。

その傷も、数日内には専属の医師たちによって、跡形もなく治療されるのだが……。

そのとき、寝室の扉をノックする音が聞こえた。

「リンか?」

嗜好を遮られた胡蝶は煩わしげに問いかけながら、寝室の入口へ目を向けた。

静かに扉が開き、頭を下げた谷地中が現われる。

小さく、鈴の音が鳴った。

「今夜、客をとる。風呂に入るから手伝え」

言って、胡蝶は手招きした。

「バスタブに湯を張ったら、お前も服を脱ぐんだ。分かったな」

ベッドの手前、一メートルのところで立ち止まった谷地中に言って、胡蝶はのそりとベッドの端へ腰かけた。そして、すんなりと伸びた脚をぶらぶらとさせながら問いかける。

「なあ、リン。……お前、本当に勃たないのか？」

口の利けない男は少しだけ困ったように表情を曇らせた。鈴が、リリン……と涼やかな音を立てる。

「下に降りるまで時間はたっぷりある。ここ数日の間、お前のせいですっかり勘が狂わされた」

自ら夜毎の手淫を受け入れておきながら、胡蝶はさも谷地中が悪いかのように言い放った。

おまけに傷が治るまでは安静にしていろと小路にきつく言われていたせいで、トイレのとき以外ベッドから下りることすら許されなかった。お陰ですっかり身体が鈍っている。

「リン、お前……少し俺のリハビリに付き合え」

奥まった一重瞼の下の瞳を小さく揺らして、谷地中がこくりと頷いた。

大理石で造られたバスルームには、胡蝶の好む伽羅香が薫かれている。バスタブに湯を張るのと同時に、谷地中が準備するのが習わしとなっていた。

胡蝶の身体から匂い立つ伽羅は、日々入浴の際に身体に染み込ませたものだった。

「服を脱ぐように言ったよな？」

あからさまな不機嫌を浮かべ、自分を抱いた谷地中を睨みつける。

谷地中は横抱きにした胡蝶をゆっくりとバスタブに浸からせながら、瞼を伏せることで謝辞を示した。

「脱げよ、リン。そして、ここに座るんだ」

自分を湯に浸けて上体をまっすぐにする谷地中に、胡蝶はバスタブの縁を手で叩いて示し、きつい口調で命令する。

「じゃないと……」

そして、胡蝶は赤く爛れた手首を湯に浸ける真似をしてみせた。白く美しい身体のまわりには、湯に浮かんだ碧の黒髪がゆらゆらと揺れている。

リリン……と鈴が鳴ったかと思うと、谷地中が目を見開き、大きな手で胡蝶の腕をやんわりと摑んだ。

医師からできるだけ傷口を濡らすなと言われているのに、胡蝶は傷の治りをわざと遅らせるかのように、入浴のたびに腕を湯や水で濡らしていた。

「お前がちゃんと俺の言うとおり裸になれば、手をビニールで保護させてやってもいい」

ニヤリと意地の悪い笑み浮かべ、胡蝶は谷地中の返事を待った。

谷地中はしばらくの間、視線をあちこち彷徨わせていたが、胡蝶の言葉に従わざるを得ないと判断したのか、緩慢な動きで作務衣を脱ぎ始めた。

リン、リリン――。

谷地中の動きに合わせて首輪の鈴が小さく鳴り、浴室にかわいらしい音が響く。

やがて谷地中が全裸になると、胡蝶は猫のような目でしげしげと逞しい身体を眺めた。

「相変わらず、いい身体をしているな。これで不能だなんて勿体ない……。三代目も、本当に酷い爺さんだ」

心のこもっていない言葉が、大理石の浴室に反響する。胡蝶のペニスを愛撫しながらも、谷地中が股間を昂らせたことは一度としてない。

「ペニスだって、勃起していなくてその大きさ……。完勃ちしたら、さぞ美味いだろうに……」

黒く茂った陰毛の中でおとなしくしている谷地中のペニスを見つめ、胡蝶は溜息を零した。

「ほら、好きにしろよ」

谷地中が全裸になったのを見届けると、胡蝶は両手を揃えてバスタブの外へ突き出した。

まるで観念した犯罪者が手錠を嵌めてくれというような仕草だ。

ここで谷地中が本当に手錠を嵌めてくれたら、きっとゾクゾクと背筋が震えるような快感を味わえるだろうに――。

胡蝶はこそりと喉を鳴らし、あり得ない妄想に浸った。

手首に残った生々しい赤い傷痕は、今にも血を滲ませそうだ。

リン、と鈴が鳴って、谷地中が床に膝をつく。

胡蝶が自分を使って淫らな妄想を働かせていることなど、思いもしないのだろう。手にした保護用のビニール袋をそっと胡蝶の手に被せると、肘の手前で防水テープを巻いて密封し、袋の口を塞ぐ。

相変わらずの器用な手つきで、左手も同じように袋を被せ終えると、谷地中は膝をついたまま頭を垂れた。

お座りを命じられた犬を思わせる谷地中に、胡蝶は重く溜息を吐いた。

「……はぁ」

袋を被せた腕を湯に浮かべると、風船みたいに膨らんだ。

胡蝶は両腕を動かしてちゃぷちゃぷと波を立てながら嫌みたらしく愚痴る。

「お前に期待した俺が馬鹿だった……」

谷地中は膝を床についたまま、次の命令を待っているようだ。

「ほら、何してるんだ。さっさとここに腰かけろ」

いつまでも動く気配のない谷地中に向かって、胡蝶は不自由な腕を使ってバシャッと湯を浴びせかけた。

「――っ！」
リ、リン。リリ……ン。
鈴が小さく鳴り響き、谷地中が全身ずぶ濡れになる。

それでも、谷地中は暗い瞳を床に向け、感情の揺れを欠片も見せない。

目を合わせようとしない様子に、胡蝶は苛立ちを隠せなかった。

「お前、俺にだけ言うことをきかせておいて、自分は無視するなんて、許されると思うなよ」

胡蝶の長い黒髪が、浴槽の中で藻のように揺れている。

「……リン、早くしろよ」

唸るように命じると、谷地中はようやくのそりと立ち上がった。

胡蝶の目の前で発達した脹脛が湯に浸かり、力なく萎んだままのペニスが覆い隠されることなく晒される。

「豚に、真珠」

胡蝶はにやっと笑ってぽつりと呟くと、バスタブの縁に腰かけた谷地中の両膝にビニール袋で覆われた両手を添えた。左右それぞれの膝をゆっくりとビニール袋で撫でるようにしながら、谷地中の顔をじっと見上げる。

谷地中は感情の読めないいつもの表情を崩さず、無言で胡蝶の視線を受け止めていた。

「童貞ってわけじゃ、ないんだろ？」

大きく広げた腿の奥へ、胡蝶は湯を揺らして身を進める。

もとから色黒なのか、谷地中の小麦色した屈強な腿と、胡蝶の白い肩や背中、そして墨を流したような黒髪が、淫靡でこの上なく美しいコントラストを描き出す。

「なあ、本当に……勃たないのか？」

ビニール越しに谷地中のペニスに触れ、問いかけた。散々に確かめたというのに、それでも問わずにいられない。

やわらかな陰茎を、親指と人差し指、そして中指でやわやわと刺激してやるが、まず、反応はない。

ちゃぷん、と湯の跳ねる音はするが、鈴が揺れることはない。

それが、胡蝶にはおもしろくなかった。

こんな木偶の坊に、どうしてこんなにイライラさせられるのか、胡蝶自身にも分からない。

夜毎、自分ばかりが極めさせられて、悔しいのかもしれない。

「お前、ほんと……ムカつく」

小さく独りごちると、胡蝶はさらに身体を進み入れ、息つく暇もなく谷地中の股間に顔を埋めた。萎えたペニスのすぐ根元に唇を押しつける。

「——っ」

鈴が、大きく揺れて音を立てた。

リリン、リンッ。

驚きに、谷地中が息を呑む気配がして、胡蝶は薄くほくそ笑んだ。ビニール越しに触れた谷地中の腿や、眼前の下腹がビクッと痙攣するのが、なんとも可笑しい。

「リン……」

ふだんなら絶対に出さない、優しく穏やかな声で谷地中の名を呼び、上目遣いに見つめる。ほんのわずかに眉間に皺を寄せた谷地中の表情を認め、胡蝶は胸を震わせた。鉄面皮が崩れたことが、この上なく嬉しい。

「動くなよ」

短く告げると、胡蝶は長い睫毛に覆われた双眸をうっとりと眇め、見せつけるように唇を舐めた。そして、大きく開いた口から舌を差し伸ばし、指で支え持ったやわらかなペニスを咥える。

「んふ……」

勃起していないといっても、谷地中のペニスはそれなりの体積があり、胡蝶の口内をしっかり満たした。

――大きい。

「っ……」

胡蝶の頭上で、鈴が鳴る。

眼前で割れた腹筋がヒクヒクと動く。

谷地中がそれなりに反応していると察すると、胡蝶はゆっくりと舌を使い始めた。

「ふっ……ん」

頭を小さく前後に揺らし、指で支えたペニスを食む。胡蝶の動きに合わせて、湯がちゃぷちゃぷと小さな飛沫を上げる。

唇と舌で幹を刺激しながら扱き、指で根元をゆるゆると揉んでやった。

リン、リリ……リン。

谷地中の声の代わりに、鈴が絶え間なく鳴った。

湯の跳ねる音。

鈴の音。

胡蝶の熱のこもった息遣い。

それだけが、大理石の壁に反響する。

「……リン？」

どれほどの時間、胡蝶はフェラチオを続けただろうか。

谷地中のペニスは胡蝶の唾液でしっとりと濡れて、淫靡な輝きに包まれている。

だがしかし、その形状は胡蝶が触れる前と何ひとつ変わっていなかった。

「お前……本当に、勃たないんだな」

今さらながら驚きを声に滲ませ、胡蝶はくにゃりとしたペニスから口を離した。

「……」

谷地中は何も答えない。

ただ漆黒の瞳を胡蝶に向けて、申し訳なさげに見つめるばかりだ。

焼けた肌に汗の雫が浮かんでいるが、それは浴室に満ちた熱と湿度のためだ。肌が欲情に紅潮する様子もなく、目許に淫欲の色が浮かぶこともない。

「……リン」

もう一度小さく呼んで、胡蝶はビニールに包まれた手を、谷地中のペニスから腿へとずらした。筋肉の発達した男らしい腿を、しゃかしゃかとビニールの擦れる音を立てながら撫でる。

「勃起しないだけじゃないんだな。……お前、気持ちよくもならないのか」

内腿や下腹の痙攣も、快感のせいではなかったのだ。きっと、くすぐったいとか、気恥ずかしいとか、そういった類いの反応だったのだろう。

そう思い至ると、胡蝶は酷く腹が立ってきた。

ぬるめの湯にのぼせるはずもないのに、顔がほんのりと赤く、熱くなっていく。

「気持ちのいいことも知らず、楽しみもなく……。それなのに、お前はどうして、こんなところにいるんだ？」

淡々と言葉を紡ぐ。

だが、胡蝶の胸には、これまで感じたことのない焦燥に似た感情が生まれていた。

それがまた、胡蝶を苛立たせる。

「声が出なくても、不能でも、お前なら外の世界で生きていけるだろうに、俺なんかの世話を押しつけられて……」

——本当に、どうしてお前はココにいるんだ？

「なあ、リン」

呼びかけると、形のよい太い眉が、きゅっと寄せられる。

「お前も、俺と同じなのか？　外の世界では生きられないと……だから、ココに……？」

胡蝶は憤りと焦燥に表情を歪め、谷地中を見上げた。

どうしてこんなに胸がざわつくのだろう。

だが、谷地中は答えない。

頷くことも首を振ることもなく、鈴の音さえ鳴らしもせずに、ただまっすぐ胡蝶の瞳を見つめるだけ。

その表情には、胡蝶の言葉に答えられない自分を責める、懺悔の色が濃く滲んでいる。

「……超能力か、読心術でもないと、お前から答えを引き出すのは無理みたいだな」

そう言って、胡蝶は自嘲の笑みを浮かべた。それは、馬鹿なことを思いついた自分に対しての嘲笑だった。

どうして今頃になって、谷地中のことがこんなにも気にかかるのか。望む痛みも苦しみも与えてくれない、胡蝶にとってはまるで価値のない男のはずだ。

もう二年余り、代わり映えのない毎日を送ってきたというのに……。

「もういい。さっさと髪を洗ってくれ」

ぶっきらぼうに告げると、胡蝶は谷地中に背を向けた。

何も答えない谷地中が、まるで余裕の態度で自分を見下しているような錯覚を覚えたからだ。何かを思いきり破壊したいような荒くれた感情に、胡蝶は唇を噛み締める。

背後で、静かに谷地中が動く気配がした。

小さな鈴の音が、谷地中の動きを伝えてくれる。ゆっくりとバスタブから出て、ペタペタと濡れた足で大理石の上を歩く。きっと、股間を覆い隠すようなことはしないのだろう。

揺れる水面を見つめながら、そんなことをぼんやりと思う。

やがて胡蝶はバスタブに背を預け、肩まで湯に浸かった。

項をしっかりとバスタブの縁にのせて天井を仰ぐと、それを合図に谷地中が背後に回り込み、バスタブの向こう側へしゃがみ込む。そして、胡蝶の頭をそっと持ち上げ、その下にあたためたバスピローを敷いてくれた。

続けて、リン……と鈴が小さく鳴ったかと思うと、谷地中はそろそろと胡蝶の髪を掬い上げ始めた。

黒く長い艶やかな髪は量も多く、すべてをきれいに掻き上げるのには時間を要する。

しかし、谷地中は根気よく、丁寧に胡蝶の髪を一筋ずつ掬っては、バスタブの外に用意した銅の桶にまとめていった。

胡蝶は目を閉じ、髪を梳かれる感触に身を任せていた。

大きな谷地中の手が、その見かけに反して器用に優しい動きをするのが気に入っている。同時に、思いきり髪を摑んで引き千切ってくれやしないだろうかと、浅ましい願望を抱かずにいられない。

叶えられるはずのない欲望を、胡蝶はすぐに思考の外へ追いやる。

やがて胡蝶の髪は、浴室に薫かれた香と同じく伽羅の匂いの洗髪剤に包まれた。

独自に作らせた洗髪剤で、谷地中は長い髪を傷めぬようそろそろと梳きながら洗っていく。

頭皮を洗うときも、谷地中は玻璃の器に触れるような気遣いに満ちた洗い方をした。胡蝶の頭皮を指の腹でやんわりと揉み解し、心地よい刺激を与えてくれる。

顳かみや項を大きな掌で支え持って髪を扱う仕草も繊細で、けっして胡蝶が不快に感じるようなことはなかった。

「……気持ちいい、リン」

生欠伸を漏らしながら、胡蝶はうっとりと言った。

このまま眠りに落ちてしまいたいほどの、心地よさだ。

だが、胡蝶が心の底から欲する快感とはまるで異なる。

こんな生ぬるい、慈しみに満ちた心地よさでは、胡蝶の身体も心も満たされはしない。

「お前は本当に器用な男だな。……心底、勿体ないと思うよ」

リン……リリン——と、鈴が鳴るのを聞きながら、胡蝶は胸の中で溜息を吐く。

容姿はもちろん、申し分ない。

この器用な男の手で、存分にいたぶられ、嬲られ、陵辱と暴力の限りを尽くされたら、どんなに素晴らしい絶頂が迎えられるだろう——。

ここ数日、休むことなく与えられた優しい愛撫ではなく、胡蝶が心から欲する痛みを、谷地中に求めること自体が間違っているのだろうか。

そんなことを考えると、胡蝶の肌は小さく粟立つ。

いまだかつて経験したことのない、理想とする快感と絶頂を、胡蝶は谷地中の手や指の動きから夢想する。

胡蝶が心から欲しいもの。

それは、この世界で最上の、鮮烈で衝撃的な、死にも似た絶頂だ。

湯の中で、胡蝶のペニスがやんわりと勃ち上がりかけていた。

手を差し入れて扱きたい衝動に駆られるが、生憎浮き袋のようなビニール袋で覆われていて叶わない。

鈴の音が、胡蝶の背後で絶えず鳴っている。

かわいらしい音と谷地中の呼吸音が水音に混じって、胡蝶の鼓膜を刺激した。

白い肌に残る打撲や擦り傷の痕はもう湯にしみることもなく、痛みは感じない。

胡蝶を包み込むのは、谷地中に与えられるもどかしいばかりの穏やかで優しい、曖昧な心地よさだけだ。

こんなのどかな時間と歯痒いほどの心地よさを、胡蝶はこのビルに閉じ込められるまで知らなかった。

毎日のように、佐藤翁による凄絶な責め苦に喘ぎ、傷つき、悲鳴のような嬌声をあげて過ごしていた。夜も昼もなく、眠っている間も身体を拘束され、玩具を体内に埋め込まれ、火で炙られ水に沈められ、言葉どおり休む暇もなく狂い続ける日常——。

佐藤翁の躾けによって、胡蝶には痛みこそが真の快楽となった。

苦痛こそが絶対的幸福だと、信じて疑わずに生きてきた。

それが、ここ数日与え続けられた谷地中の優しい愛撫と、曖昧な快感のせいで、ゆらゆらと揺らいでいる。

「リン、いい加減飽きるから、髪なんかさっさと終わらせて身体を洗えよ」

髪を梳く心地よさも、過ぎればただ煩わしいばかりになる。

谷地中が念入りに洗えば、それだけ胡蝶にとっては面倒で退屈な時間が増えるだけだ。

リリン……と、鈴が小さく鳴った。

バスタブの縁に頭を預けたままふと瞼を開けると、表情のない谷地中の顔が瞳に映った。

一貫して感情を顔に表すことのない男は、胡蝶の視線に気づくとそっと目を背ける。

ときどき困ったふうだったり、辛そうだったりと、若干の変化が現れることはあったが、谷地中が笑みを浮かべるのを見た者は誰もいない。

表情のかすかな変化以外、谷地中の感情を読み取る術は皆無に等しかった。

外の世界で常人として生きることのできない椎崎組の誰もが、そんな谷地中を異端扱いする。

店に出せと言った小路ですら、谷地中と自らすすんで関わろうとしない。

他人に危害を加えることもなく、ただ静かに胡蝶の世話と『Butterfly』の雑務をこなすだけの、谷地中。

どう考えてもつまらない男でしかない。

しかし、胡蝶にとって谷地中は、出会った頃から何故か気になる存在だった。

好意でもなければ、嫌悪でもない。

言うならばそれは《興味》という言葉がしっくりと当てはまる。

佐藤翁から解放され、自由を得たはずの谷地中が、何故、椎崎組に……胡蝶のもとに望んでやってきたのか――。

その疑問が、跳ねて乾いた泥のように、胡蝶の頭にこびりついて離れない。

谷地中にペニスに触れられて以来、それはいっそう大きくなった。

耳のすぐそばで鈴が鳴ったかと思うと、谷地中が大きな手で胡蝶の頭をバスタブから浮かせた。そして、ぬるくなったバスピローを抜き取り、新しくあたたかいものと入れ替える。

谷地中は再び胡蝶の形のよい頭をバスタブへもたれさせると、髪を包み込んだ泡をゆるいシャワーで流し始めた。洗うときと同じように、頭皮に残った洗髪剤も丹念に流していく。

やがて長い漆黒の髪を器用にひとつにまとめてアップにすると、今治産のバスタオルで胡蝶の頭を包んだ。

リン、リリ……ン。

谷地中が動くたびに鈴が鳴り、胡蝶の心に波を立てる。

平静を装いつつも、胡蝶は奥歯を噛み締めずにいられなかった。言葉にならない焦燥に駆られ、気を抜くとワケの分からない絶叫を放ってしまいそうだ。

谷地中は胡蝶の頭をバスピローに据え直すと、伽羅を配合したバスバブルをバスタブにたっぷり注ぎ、スポンジをしっかり泡立てから胡蝶の肩や首を洗い始めた。

咽せ返るほどの伽羅の香りが浴室に満ち、胡蝶はうっとりとして表情をゆるめた。息をするのも辛いほどの芳香に浸るのが、胡蝶は堪らなく好きなのだ。胸いっぱいに濃厚な香りを吸い込むと、胸を騒がせる苛立ちが少しずつ消えていくような気がする。

リラックスした胡蝶の身体を、谷地中は髪と同じく丁寧に洗っていく。

身体のあちこちに残る痣や傷痕の上はそっと撫でるように、すべらかな白い肌はマッサージするように……。

谷地中の手が湯の中で動くと、少しずつバスタブの中に泡が立ち始めた。そうして数分後には、ビニール袋で包まれて浮かんでいた胡蝶の両手が泡の中に埋もれてしまった。

胡蝶が愛用する伽羅香やその匂いを成分に含むバスグッズは、媚薬《ラムネ》と同じくこのビルの中でのみ製造されている。

医師免許を剥奪された医師らと同じように、様々な事情で世間から追放された研究者をスタッフとして雇い入れ、胡蝶はこのビルの中に居場所と仕事を与えた。

そんなスタッフたちの研究によって、門外不出の胡蝶専用の伽羅香やバスグッズは作り上げられた。

市場にはけっして出回らない伽羅香は、胡蝶本人を独自のキャラクターとして客に印象づけるのにおおいに役立った。外の世界ではまず嗅ぐことのできない濃密な匂いに、男たちは夢中になるのだ。

「お前も……俺と同じ匂いに染まったなぁ」

ほぼ毎日のように胡蝶の入浴の世話をしている谷地中に、胡蝶は嫌みを込めて言った。

同じように外と遮断されたビルの中で暮らし、同じ伽羅の香りの中にいても、谷地中は胡蝶とは別の世界に生きているようだ。

「……俺とお前じゃ違い過ぎる。仕方ないのかしれないけど、あんまりにもつまらない」

バスタブの横へ回り込み、白くすべらかな内股を谷地中が真剣な面持ちで磨きあげるのを見つめ、胡蝶は小さく唇を尖らせた。

逞しい身体にじっとりと汗を滲ませて、谷地中は三助の役目を必死に果たそうとしている。

――ほんと……宝の持ち腐れだ。

彫りの深い横顔に、筋肉に包まれた健康的な身体を眺めつつ、胡蝶はますます痛感した。

あの屈強な腕で泡だらけの浴槽に顔面を押し込まれ、傷ついた手首を捻り上げられたら、それこそ言葉にならない快感が得られるに違いない。

小さく畏まったペニスが欲情に充血し、完全に勃起した状態はどのようなものだろう。凶器と化したペニスで尻を容赦なく犯されたら、バスタブの縁に縋りついて悦がり狂うだろう。

淫らな妄想に、胡蝶はコクリと喉を鳴らす。

だが、谷地中のペニスは勃起もしなければ、胡蝶を痛めつける凶器にもなりえないのだ。

「傷つけるどころか、犯してもくれない男なんて……」

優しい愛撫なんて、いらない――。

もっと痛めつけて。

酷く殴って。

いっそ、殺して――。

ビニール袋に覆われた手で泡を飛ばして遊びながら、胡蝶は無言で奉仕に徹する男を忌々しく睨みつけたのだった。

無形文化財保持者作だという「百花繚乱」と名付けられた訪問着を婀娜に着こなし、胡蝶は今宵の客である大河内の前に立った。黒の地に胡蝶蘭をはじめとする様々な花が描かれた友禅の着物は、谷地中が胡蝶のために選んだものだ。

青々とした畳の匂いと、胡蝶がまとった伽羅の香りが、一瞬で数寄屋造りを模した和室を異次元の世界へと変えてしまう。

「お久し振り。いろいろ忙しそうだけど、こんなところに来てていいのかよ？」

内閣の解散総選挙が近いと騒がれる中、現職の大臣がＳＭ倶楽部に出入りしていると知れたら、それこそ国内どころか世界中の笑い者になるだろう。

「よく言う。二週間も待たされたのは、野党のお偉いさんとお楽しみだったせいだと聞いたぞ？」

「まあね」

胡蝶は悪びれない。

「だいたい、国会議員の中の一人でもここの常連がいると漏れたら、あちこちで密告合戦が始まって、国会どころじゃなくなる」

大河内は盃を傾けながら、上目遣いに胡蝶を睨んだ。

「俺のような公人でも利用できるよう、いろいろ面倒な手続きやら来店方法をとらせているのは、そういう厄介ごとが起こらないためじゃないのか？」

完全会員制で入会審査つきの『Butterfly』は、来店時に必ず店から送迎車を向かわせる。待ち合わせ場所はその日と客によって様々で、大仰になると客がビルに辿り着くまで五時間かけることもあった。

それだけ、特殊嗜好が公になると困る客が多いということだ。

入会審査も厳しく、個人情報の管理においても厳重なセキュリティを敷いている。

「いい着物だな、胡蝶。お前さん以外に、その着物を着こなせる女はいないだろうよ」

輪島塗の膳を前に、酒を飲みながら今をときめく若き大臣が満足げに笑った。

「大河内先生にお世辞を言われても、俺は嬉しくなんかないけどね」

胡蝶は客の前でもはすっぱな態度を崩さない。

「相変わらず、《新宿の蝶》はクソ生意気だなぁ、おい。一晩で三百万も巻き上げるくせに、客にそういう態度をとるのは考えものだぞ」

「気に入らないなら、退会すればいい。俺の身体に二度と触れられなくなるけどな」

蝶の舞う様子が描かれたオイルライターを西陣の帯の隙間から取り出して、胡蝶は自ら煙草を咥えた。

「酒ばっかり飲んでないでさっさと遊ぼう。……俺と酒が飲みたくて予約したんじゃないだろう？」

大河内の正面に片膝を立てて座ると、胡蝶の白い内股が緋襦袢の奥にちらりと覗く。

「ああ……そうだな」

胡蝶の腿を凝視して、大河内は輪島塗の盃を放り投げた。酒の雫が弧を描いて宙を舞い、畳に点々と染みを残す。

「お前だって、不味い煙草を飲みたいわけじゃなかろう？」

大河内は左腕で膳を払い除け、ずい……と膝を進めて胡蝶の立てた膝頭を摑んだ。

「見せろ、胡蝶」

低い声で命じられ、胡蝶は表情を一変させる。

——ああ、コレだ。

それまで強気に大河内を睨んでいた瞳に妖しい色が滲み、白い肌にうっすらと紅が差す。

「その手首だ」

黒い絹の袖口から覗いた胡蝶の手首には、禍々しい赤い傷痕があった。

胡蝶は素直に両腕を差し出して、うっとりと大河内を見上げた。

「クソジジィがつけた傷か？」

「そう……」

妖艶な色香をまとった微笑みを浮かべ、胡蝶はゆっくりと大河内の胸にしなだれかかった。

「どうして欲しい？　言ってみろ」

大河内が器用に帯締めを解いていく。

胡蝶の背中で衣擦れの音がして、しゅるりとお太鼓の帯が崩れた。

「傷を……」

高級な絹を使った帯締めが、大河内によって自分の手首に巻かれていくのを見つめながら、胡蝶は熱のこもった声で告げる。

「もっと深く……抉って――」

赤い傷痕の上に、きつく帯締めが巻きつけられる。

胡蝶の両手首をひとつにまとめて縛めると、大河内は遠慮なく帯の下の合わせをまさぐった。

緋襦袢の下を乱暴に暴き、すでに勃起している胡蝶の裸の股間を捕らえると、大河内は欲望を満面に浮かべて嘲笑う。

「おい、もう勃ててるのか？　節操のない蝶だ。触られる前から発情して、そんなに傷を抉られるのを期待していたのか？」

「あぁ……っ！」

胡蝶の脚を大きく割り開かせ、体毛で覆われた左手の甲で胡蝶のペニスを撫であげる。

同時に、右手で縛めた胡蝶の手を頭上に掲げた。

若い頃はラグビーで鍛えたという大河内の腕力に、胡蝶の尻が畳から浮く。

「ひっ……ひぁっ」

帯締めが手首の傷を締めつける痛みに、胡蝶は歓喜の声をあげた。

治りかけた傷痕を、繊維が少しずつ抉っていく感覚に、胡蝶はすぐ夢中になる。

「ほら、動かしやすく腰を浮かせてやってるんだ。しっかり自分で腰を振れよ、この淫乱がっ！」

「あんっ……、や……ぁんっ。もっと、もっと痛くしてっ！」

傷に直接触れてくれないもどかしさに、胡蝶は尻を振って懇願した。

漆黒の裾が乱れ、緋襦袢が脹脛にまとわりつく。

青い畳の上で全身をうねらせ、黒と赤のコントラストを描いて乱れる様に、大河内は喉を鳴らした。劣情に醜く歪んだ顔を胡蝶の紅潮した頬に寄せ、不健康な色の舌でべろりと舐めあげる。

「おねが……傷っ、痛くして！　抉って……ほし……ぃっ」

「おねだりの仕方がなってないな、胡蝶。強気な女王様を気取るのは、プレイの前までだと言っただろう？」

低く囁いて、大河内は胡蝶の耳朶をギリリと噛んだ。

「ン、アァ――――ッ！」

鮮烈な痛みに、胡蝶が甲高い悲鳴をあげる。

同時に、畳の上に垂れた黒髪を自らの足で踏みしめた。カクンと後頭部が後ろに引っ張られ、そのはずみで紙縒で結われた髪が解ける。

「ははっ……こりゃあ、いい！」

胡蝶の豊かな黒髪が、大河内の眼前ではらはらと解けて舞った。

黒の着物の上に流れる黒髪と、青い畳に散る黒髪。そして、錦の帯と緋襦袢と肌の白に絡みつく幾筋もの黒髪が、蜘蛛の巣のようだ。

「ほら、もっと悦がってみせろっ！」

大河内は胡蝶の腕をパッと離すと、頽れる身体を突き倒した。

「あぁっ……！」

畳の上に激しく倒れ込み、黒髪が扇のように畳の上に散り広がる。

「いい演出だ、胡蝶。褒美に、望みどおりに傷を抉ってやる」

大河内はネクタイを解いてYシャツの胸許を寛げると、スラックスのポケットからフレームロックナイフを取り出した。

「あ……」

鈍く光る刃先を認めた瞬間、胡蝶は期待に双眸を輝かせる。

大河内には、人肌を切り裂いて興奮する性癖があった。

白くやわらかな肌の上に、朱の線が描かれ、そこから血液が流れ出る様にこの上ない快楽を覚えるのだ。

「まだだ、我慢しろ」

興奮しているのか、大河内の声が上擦っている。

解いたネクタイを拾い上げ、大河内は胡蝶の帯の上を跨いだ。

見上げる胡蝶の呼吸も乱れている。

「存分に……イかせてやるからな」

言って、大河内は胡蝶の後頭部からネクタイを回し、口を塞いで硬く縛った。

「ふっ……ふぁっ……あぁ」

たったそれだけでも、胡蝶は背筋をゾクゾクと震わせた。十日以上与えられなかった鮮烈な痛みと恐怖に、下腹部がジンと熱くなる。乱れた裾から勃起したペニスが顔を覗かせ、先端を赤く充血させていた。

「ああ、足にも打擲の痕があるな」

「んっ……んンッ！」

そうだ——と、胡蝶はガクガクと頷く。

それは、そこにも刃を立てて欲しいという意思表示だった。

「他には？　身体中に残っているのか？　見せろよ、胡蝶」

肩を喘がせながら大河内が命じる。

だが、両手を縛められた胡蝶に着物が脱げるわけがない。

「っふぁ……はぁっ……ふは、はぁ……んっ」

涙を浮かべ、胡蝶は足をジタバタさせた。腿までがすっかりあらわになり、白い内股に幾つも残った傷痕を大河内に示してみせる。

「そんなものじゃないだろうが……っ」

大河内が声を荒らげた直後、数百万の着物の胸許が無惨に切り裂かれていた。

「ふっ……うぅ……っ！」

肌襦袢までを瞬きする間もなくナイフで切り裂かれた衝撃に、胡蝶の興奮は一気にボルテージを上げる。ペニスから先走りがドッと溢れる感覚に、腰の奥がじんじんと痺れた。

「もっとだ、もっと！　ちゃんと俺に見せろ！　他の男の手でどんな傷を残されたのか。どの傷を抉って欲しいのか！　ちゃんと俺に見せて懇願しろっ！」

大河内の勢いは止まらない。

袖を、帯を、襦袢を――胡蝶の皮膚に触れる数ミリ手前に、ナイフの刃を走らせていく。

それは見事な手捌きだった。

いつ、白い肌が切り裂かれるかもしれない恐怖に、胡蝶は肌を粟立たせ吐息を漏らす。

「ふっ……ふんっ……んあ、あぁっ……はぁ……ンッ」

大河内の額に汗が滲んでいた。

喜色の浮かんだ男の顔がテラテラと光る様に、胡蝶はますます期待を昂らせる。

「はひゃ……ふっ……ぁっ」

早く、早く傷を抉って――！

無惨に切り裂かれた絹の残骸にまみれて、胡蝶は帯締めで縛められた両腕を突き上げた。

「っ……はぁっ……はっ」

涙がボロボロと零れる。

この痛みをどれだけ待ち望んでいただろう。

あの、優しいだけの男がけっして与えてくれなかった、本当の快楽がここにある。

「なんだ、やっぱりその醜い手首の傷を最初に抉って欲しいのか？」

十センチに満たない短い刃に舌を添えて舐めながら、大河内が狂気の滲んだ瞳で見下ろす。

「んっ……んんっ！」

胡蝶は大きく頷いた。

一刻も早く、赤い傷痕を鮮血で染めて欲しい。

新しい痛みで、上書きして欲しい。

「……ああ、分かったから、そんなに焦るな」

ニヤニヤと蔑んだ微笑みを浮かべ、大河内は再びナイフを振り上げた。

胡蝶の腕を固定することもなく、見事に結び目だけを切り裂く手管には目を見張るばかりだ。

はらりと解けて帯締めが落ちると、やっと大河内は胡蝶の手首の傷痕に手を触れた。

「……胡蝶」

左の手首を持ち上げて、大河内は舌舐めずりする。

「はっ……はぁっ……は、あぁ……」

胡蝶の期待は限界に達しそうだった。

まだ痛みらしい痛みも与えられていないというのに、ペニスははち切れんばかりに勃起し、脳の奥が痺れて意識が霞む。

「お前の血は、伽羅の匂いがするよなぁ」

うっとりと目を眇めて大河内が呟いたかと思うと、次の瞬間には胡蝶の手首から真っ赤な血が流れていた。

手首の甲の側、幾重にも擦れた傷の上を、朱の線が走る。

不思議なことに、痛みは欠片も感じない。

「あ」

傷口から溢れた血は筋ではなく、三センチほどの帯となって肘へ流れ落ちていった。

大河内の言葉どおり、伽羅の匂いがいっそう強く香り立つ。

「あぁ……」

胡蝶は天井に翳した腕を流れ落ちる血液を、うっとりと見上げた。

だが、足りない。

痛みが、足りない。

「……っはぁっ！」

もっと、もっと深く傷つけてくれ！

もっと、容赦ない痛みを、与えてくれ――！

「ふっ……うぅ――っ！　ううっ……ふ……っ！」

胡蝶は言葉で伝えられないもどかしさから、大河内の背中に膝を叩きつけた。

胡蝶の腹に馬乗りになった大河内が、途端に怒りを爆発させる。

「くそっ！　ふざけるなっ！」

人肌を切り裂く趣味はあっても、他人にわずかでも暴力を振るわれるのは許せないのか、大河内はカッとなって目許を朱に染めていた。

「生意気な……！　大臣に……この俺に、男娼ごときが文句をつける気かっ！」

大河内が切りつけたのは、胡蝶の右手首の内側だ。

怒りに血が沸騰していても、その手際に乱れはない。

胡蝶の手首に残された傷痕をしっかりとなぞって刃を走らせ、赤い血の帯を白い腕の内側に描き上げていく。

「ふあぁ……はっはぁっ……」

しかし、胡蝶はもっとと強請った。

手首を打ち振り、自ら大河内の手にするナイフに腕を押し当てにいく。そうして、何度も膝でYシャツの背中を突き上げた。

「くそっ……いい気になってんなよ！　この変態がっ！」

自分の楽しみを削がれ、手管を批判されたと感じたのか、大河内の理性は塵となって消え失せたのだろう。

胡蝶の両腕をひとまとめに摑み上げると、血に汚れていない内側の白い皮膚へナイフを突き立てた。

「ツアアアアア――――――ッ！」

ネクタイの猿轡をものともしない悲鳴が、和室いっぱいに響き渡った。

胡蝶の右腕の内側を、大河内はゆっくりギリギリと、手首から肘へ向かって縦に切り裂いていったのだ。

皮膚が裂け、血管が切断され、筋肉が削がれる痛みに、胡蝶は胸を仰け反らせて喘いだ。その表情は恍惚として、瞳は焦点を失ったままカッと見開いている。

絶叫を迸らせた赤い唇を戦慄かせ、胡蝶は全身を粟立たせていた。

「ははっ……！　なんだお前、イキやがったのか？」

大河内は背中に違和感を覚え、腰や背中に左手を回した。

そこは生ぬるく粘ついた多量の液体に汚れ、重く濡れている。勃起したペニスから吐き出された精液は、胡蝶を責める男の背中を存分に汚していた。

腕を切り裂かれる痛みに、胡蝶は知らず絶頂を迎えていたのだ。

「この、変態！　これで終わりのつもりじゃないだろうな？」

大河内のスラックスの中のペニスは、勃起こそすれ絶頂にはまだほど遠い状態のようだ。

「客より先に、イッてんじゃねぇよ！　ふざけんなっ！　オラッ！」

怒号が響くたび、胡蝶の身体を刃が切り裂いた。

もう、薄皮一枚を器用に切り裂くという意識は大河内にはないらしく、目を血走らせて乱暴に腕を振り回すばかりだ。

理性は欠片も残っていない。

胡蝶に馬乗りになった男は、ただの狂人と化していた。

「あっ……ツン、んンッ……ッ」

身体に鋭い痛みが走るたび、胡蝶は軽く絶頂を迎え続けた。

数百万もする着物は無惨に切り裂かれ、原形を残していない。

畳の上には端切れとなった布や糸が散らばっており、そこに点々と胡蝶の赤い血が飛び散って、まるで花畑のようだ。

皮膚や肉を切り裂かれる快感は、胡蝶を繰り返し極みへと引き上げる。

かつて経験したことのない、ずっと理想として追い求めていた快感が、手を伸ばせば届きそうな距離にあった。

「かはっ……はっ……ふはぁっ……」

口に噛まされたネクタイは唾液と血液にしとどに濡れている。

顔面にも刃を受けながら、それでも胡蝶は恍惚として笑みを浮かべ、全身を痙攣させて悦がり続ける。

やはり——と、胡蝶は快感と痛みに混濁する意識の中思った。

最上の絶頂は、死の瞬間に似ている——。

今、自分は求め続けた快楽の中にいる。

なんという、幸福だろう。

そのとき、薄い胸が切り裂かれた。

臍の上に一文字が描かれる。

膝に刃が突き立てられ、喉が喘いだ。

身体中、大河内は容赦なく切り裂き、刃を突き立て、胡蝶の身体を血で染めていく。

「うあはは っ……アハハハ、はぁはっ……はぁっ……アハハハッ……!」

興奮に酔い痴れる大河内の声に、胡蝶はえもいえぬ充足感を覚えた。

男がみっともなく情欲に溺れる様は、何度見てもおもしろくておかしい。

ただただ、絶対的な苦痛と快楽を与えてくれる男がいれば、それでよかった。

胡蝶を痛めつけることで快感を得る男たちを、胡蝶は性玩具と同じ程度にしか思っていなかったのだ。

「ひゃははははっ！　真っ赤だ、真っ赤だぞ、胡蝶！　赤い蝶だ！　血塗れの、淫乱な蝶だっ！」

大河内はスラックスの中に射精していた。

淡いブルーグレーのスラックスの生地が、股間の部分をどっぷりと濡らしている。もちろん、その周囲には胡蝶の血飛沫が飛んでいた。

「あっ……はぁっ……あぁっ、ああああ――――ッ」

傷つけられ、血が流れるたびに、胡蝶は全身を震わせて悦んだ。

このまま血を流し続ければ、もっと甘い絶頂があるような気がする。

射精が絶え間なく続いていたが、もう、精液は出ていないのかもしれない。

それでもいいと胡蝶は思った。

絶頂が得られれば、いいのだ。

死にも似た鮮烈なその瞬間が得られるなら、たとえ射精などなくても構わない。

「はっはぁっ……あぁぁ……っ」

たとえ、このまま死んでしまっても、何ものにも代え難い快感の中で死ねるのなら本望だ。

「んああ……はっ……はぁぁっ……はっ、はっ……」

伽羅の匂いなのか、それとも流し続けた血の匂いか、強く濃密な香りが胡蝶の鼻腔を満たす。

霞む視界の中、自分に馬乗りになった男が何か喚きながらナイフを振り回すのを見上げ、胡蝶はにんまりと笑った。

いい……。

気持ち……いい——。

これだ、この絶頂を、ずっとずっと待ち望んでいた。

この終わりの瞬間を、ずっと……幼い頃から、待ち詫びていたのだ。

胡蝶の意識が、なまぬるい快感に揺れる。

大河内の声も聞こえず、痛みも感じなくなっていた。

ただ、咽せ返るほどの伽羅の匂いと、血のぬめりだけが、胡蝶の意識に強く残る。

視界は闇に包まれ、あれほど鮮やかだった絶頂の快感もいつしか消え失せていた。

——ああ……。

何か、忘れているような気がして、胡蝶は重く塞がる瞼を抉じ開けようとした。

だが、瞼は痙攣するばかりで、少しも開いてはくれない。

胡蝶は喘いだ。

息が苦しかった。

苦痛は悦びであったはずなのに、何故かただ苦しいばかりだ。

いや……だ、くるし……い。

伽羅の匂いが、消えていく。

苦しい……いやだ、助けて……助けて……っ。

苦しみ喘ぎながら、胡蝶の意識は闇に吸い込まれていく。

やがて、目の前が真っ暗になった。

もう、死ぬのだと、胡蝶は朧げに思った。

プツリと意識が途切れる瞬間。

「……胡蝶っ！」

胡蝶はどこか遠くで、優しい鈴の音を聞いたような気がした――。

白い壁。

白い天井。

何もかもが白で統一された部屋で、胡蝶はゆっくりと意識を取り戻した。

「……ぁ」

胸を喘がせて息を吸い、声を発しようとしたが、粘ついた咥内から出た声は、嗄れた老人のような声だった。

自分のいる場所がビルの地下にある医務室だと気づくのに数分を要し、胡蝶は眉間に小さな皺を寄せた。

「胡蝶」

不意に、低く厚みのある声で呼ばれ、胡蝶は右目だけを声のした方へ向ける。顔を動かそうと思ったが、どういうわけか指先ひとつ動かせなかった。

「――ぁ」

そこには、胡蝶がよく知る男がいた。

だが、男はまったく胡蝶の記憶にない様相をしている。

着古した作務衣を着ている姿しか目にしたことのなかった胡蝶は、瞳に映る男をよく似た他人ではないかとさえ思った。

男は嫌みのないすっきりとした上品なスーツを身に着け、横たわる胡蝶を見下ろしている。

「十日間、昏睡状態が続いた」

淡々と、けれど必死に感情を押し殺して話す男の首には、革の首輪があった。小さな鈴のついたソレは、男が口を開くたびにかわいらしい音色を零す。

「……失血性のショックを起こしたんだ」

――な、に？

男の声は低くくぐもってよく聞き取れなかった。

胡蝶は右目の周囲だけを残して、全身をミイラのように包帯で巻かれていたのだ。

「全身傷だらけで……あと少しでも発見が遅れていたら――」

自由に動く右目で周囲を見回し、胡蝶は自分の状況をなんとなく把握した。

――死に損ね……たのか。

悄然とする胡蝶を、短く髪を整えた一重瞼の男が覗き込む。

「分かるか、胡蝶？　大河内大臣はお前を殺しかけた。場所がこのビルの中でなかったら、お前は死んでいたかもしれない。そうなれば、大臣は立派な殺人犯だ」

包帯の隙間で、胡蝶は唇を戦慄かせた。

男の言葉に心が震えたのではない。

まだ生きていることが、どうしようもなく悲しかった。

また……あの地獄のような快楽を求め、生き続けなければならないのか――と。

シーツの上にだらりと横たわった両手の指が、ヒクヒクと痙攣した。嗚咽を零そうにも、喉が腫れて息を吸うのも辛い。

いったいどんな傷を負えば、こんな状態になるのだろう。

「胡蝶、苦しいのか？」

心配そうに、男が眉を寄せて見つめる。

「……ん、……の、か？」

――リンなのか……？

包帯の下で唇をようやく少しだけ動かして、胡蝶は目の前の男に呼びかけた。

男が困ったように微笑む。

小さな鈴が、リリン……と鳴った。

包帯で覆われた胡蝶の耳許に顔を近づけ、男が小さく息を吸う。

「そうだ、胡蝶。リンだ。お前が鈴をつけた……谷地中鈴だ」

口が利けないはずの男が、ひとつひとつ噛み締めるように答えを告げる。

その穏やかで深みのある声を聞いた瞬間、胡蝶は再び意識を失った。

四

椎崎組唯一の縄張りであるビルの最上階。

もっとも愛した寝室で、胡蝶は剣と向かい合っていた。

部屋の東側一面に張り巡らされた窓ガラスの前には、小儀礼なスーツに身を包んだ谷地中が立っている。ノータイのシャツの首許には、いつものように鈴がついた首輪を嵌めていた。

「闇医者というのは、恐ろしいものだな」

天蓋付きのベッドにクッションを背負って座った胡蝶のすぐ脇に、匂い立つような色香をまとった剣が椅子に座している。

「表の病院に担ぎ込まれていたら、こうはいかなかっただろう。見事なものだ。実に、世間は勿体ないことをしている」

紅龍会四代目である剣が、直々に胡蝶の全快祝いに駆けつけたのは、深夜より明け方と言った方がいい時間だった。空はまだ暗い群青に染まっているが、もう間もなく、東から徐々に赤みを帯びてくるだろう。

「……あのまま死んだって、俺は構わなかったんだ。最高に気持ちのいい絶頂を味わいながらイけたら、男にとってそれは最上の悦びだと思わないか？」

「生憎、俺にはそういう趣味はないな」

「人の崇高な趣味を馬鹿にするな」

「馬鹿にはしていない。ただ、理解できないと言っているだけだ」

青い畳を血で深紅に染めて、ただの端切れと慣れ果てた着物の残骸と同じように、大河内に身体をズタズタに切り裂かれた日から数カ月が過ぎていた。

剣と言葉の応酬を繰り広げる胡蝶の身体には、傷ひとつ残っていない。

以前と変わらぬ美しい容貌は、あの地獄絵図を夢か幻かのように思わせた。

だが、以前とすっかり変わってしまった部分が、ひとつだけあった。

髪だ――。

胡蝶の黒く艶やかだった長い髪が、すっぱりと切られていた。

救命処置を施す際、医師たちがやむなく断髪したのだ。

今、胡蝶の髪は後ろを短く刈り上げ、秀でた額を晒したさっぱりとしたベリーショートのスタイルになっている。

あの日以来、高級ＳＭ倶楽部『Butterfly』は休業していた。

「それよりも、俺に断りなく店を休みにしたかと思ったら、剣さんが来ることも知らせないなんて……。いったいどういうことなのか、ちゃんと説明してもらおうじゃないか」

胡蝶が刺々しい表情を向けたのは剣ではなく、東側に面した窓の前で番犬よろしく立ち尽くしている谷地中だった。

胡蝶の厳しい視線を一身に浴びて、谷地中は小さく頬を痙攣させた。だが、以前のように咄嗟に目を背けることはない。ただ、鈴の音だけが、いつものように小さな音を立てる。

谷地中はその瞳に生気に漲った強い光をたたえ、胡蝶を見つめ返してくる。

だが、返事はない。

「いい加減にしろよ、リン。俺を馬鹿にしているのか！」

黙ったまま口を真一文字に引き結ぶ谷地中に向かって、胡蝶が声をあげる。

すると、剣が睨み合う胡蝶と谷地中を見やって、苦笑交じりに言った。

「先に俺から……紅龍会四代目として、椎崎組組長に話がある。それが済んだら、二人で存分に言い合いでもなんでもやってくれ」

剣はそう言うと、今回の件によって椎崎組を絶縁、除名処分にすると伝えた。

「ぜつ……縁、除名……？」

唖然とする胡蝶に、剣は静かに頷いてみせる。

「お前にこのビルを与えたとき、約束したはずだ。『俺の邪魔はしない』と、そう言ったことを忘れたわけではあるまい」

淡々と告げられて、胡蝶は返す言葉もなく絶句する。

大河内の一件以来、店を長く休まざるを得なかったのは、紅龍会から謹慎処分を言い渡されたためだった。

胡蝶の……椎崎組の本意ではない。

それでも営業休止という名の謹慎処分を受け入れたのは、現職の大臣を殺人の一歩手前まで煽り立てたことで、紅龍会に迷惑をかけたと胡蝶なりに反省していたからだ。

同時に、謹慎処分をおとなしく受け入れれば、いずれ店を再開できるだろうという腹積もりもあった。

それがいきなり、絶縁除名を言い渡され、胡蝶の目論みは脆くも崩れ去ったのだ。

暴力団組織に属する者にとって、絶縁除名はもっとも重い制裁処分だ。その処分を受けた者は、今後一切、暴力団組織に属することができなくなる。

つまり、胡蝶はこのビルを取り上げられ、外の世界で生きていかねばならなくなったのだ。

「ま、待ってくれ……。それは俺にっ……俺たちに、カタギに……戻れって、表の世界で生きていけ……って、そんな無茶を言うのか……っ」

寝耳に水な話に、胡蝶が「はい、そうですか」と頷けるはずがない。

「悪いがな、胡蝶。これはもう決定したことだ。それでなくてもお前や椎崎組の存在は、組の中でも処遇を問う声が多いし、いまだに遺恨を抱く構成員も少なくない。これだけの落ち度があっては、さすがの俺も庇いようがない」

「そ、んな……」

胡蝶の美しい顔が絶望に染まる。

「お前は先代の死に様から何も学ばなかったのか」

己の欲望を満たすことだけに生き甲斐を見出し、紅龍会をその道具としか考えていなかった佐藤翁。

「……だって、俺は……っ」

あの化け物のような老人のそばにいて、いったい他にどんな生き方を学べたというのか……。

自分の欲望を満たすためだけに、紅龍会の末端でいいから居場所をくれと縋った数年前を思い起こし、胡蝶は歯噛みした。

やはり、佐藤翁が死んだとき、自分も死んでいればよかったのだ。

痛みによって心身を満たされることが許されない外の世界でなど、生きていく意味がない。

「嫌だ」

項垂れたまま、胡蝶はポツリと呟いた。

「何度も同じことを言わせるな。決まったことだ」

剣が素気なく切って捨てる。

「だったらいっそ、殺してくれよ。先代を殺したみたいにさぁ」

ゆっくりと顔を上げ、冷静沈着を絵に描いたような剣を睨みつける。

悔しさのあまり、目から涙が溢れ出た。

「知ってるんだ。アンタがずっと、息子を殺されたことを恨んでたって……。先代を……殺して俺から奪ったとき、なんで……一緒に──」

ベッドから降りて裸足で剣に詰め寄ると、胡蝶は仕立てのよいスーツの胸ぐらを細く白い腕で摑み上げた。

「今、殺せ！　俺からココを奪うなら……今すぐ……殺してくれっ！」

シルクのガウンが肩を滑り落ち、胡蝶の華奢な身体があらわになる。

剣は痩せこけた胡蝶の身体を一瞥すると、困惑顔を浮かべた。

「悪いが、信条に反する殺しはしない主義でな」

胡蝶はますますカッとなった。

「ヤクザの信条がなんだって言うんだ！　そんなのただのキレイ事じゃないか！」

胸ぐらを摑んだまま、椅子に腰かけた剣の身体を大きく揺さぶる。

剣はされるがままに、胡蝶の悲しみと絶望にくれる顔を見つめるばかりだ。

「ココから放り出されたら、俺は結局死ぬしかないんだ。アンタだってそれぐらい分かってるだろうっ！　だったら、……頼むから、殺して……っ」

嗚咽に言葉が途切れ、スーツの衿を摑んだ手がだらりと落ちた。涙が次々に溢れ、頬を濡らしていく。

「先代の玩具だったお前に、息子を重ねていたと……言ったらどうする」

不意に発せられた剣の言葉に、胡蝶は耳を疑った。

「いま、な……んて？」

信じられないと目を見開き、剣を見つめる。

するとそこには、激しい懊悩に唇を噛む男の顔があった。

「お前の存在を知ったとき、どうしても息子と重ねずにいられなかった。先代が亡くなり、お前の処遇には心から迷った。息子を救うことができなかった俺は、お前を助けてやることが贖罪になると……勝手に決めつけたんだ」

思いがけない剣の告白に、胡蝶は一瞬、何も考えられなくなった。

だがすぐに、驚きを怒りが凌駕する。

「そんなの……知ったことじゃない！　アンタの息子のことなんてどうだっていいし、俺は三代目がいたからこそ、自分の生きる場所を見つけられたんだ！　助けて欲しいなんて……」

「ああ、そうだ。お前の言うとおり、俺の身勝手だと承知していた。だがな、胡蝶」

言い募る胡蝶を遮って、剣は静かに立ち上がった。

「先代の嗜好をそのまま引き継いだようなお前だからこそ、野放しにすることはできなかったんだ」

「え……」

圧倒的な体格差の前に、胡蝶は思わず後じさった。

剣は感情の読めない瞳で胡蝶を見下ろし、淡々と続ける。

「お前を世間に放り出すことは、先代のような化け物を野に放つのと同じだ。俺はお前を殺すことも、自由にしてやることもできず、椎崎組の始末に悩んでいたんだ……」

すると、それまで窓際でずっと黙って立っていた谷地中が、静かに二人へ歩み寄ってきた。足を一歩踏み出すたびに、鈴の音が寝室に響き渡る。

「そんなときに、先代が所有していた倉庫から助け出された谷地中と、顔を会わせる機会があってな」

「……リン、と？」

胡蝶は困惑しつつ、見慣れないスーツ姿の谷地中へ目を向けた。

「谷地中の提案にのって、お前を託すことにしたんだ」

谷地中を見つめたまま、胡蝶は信じられない想いで剣の声を聞いていた。

「なあ、胡蝶。俺はお前を先代の玩具にされた息子のように死なせたくない。できれば、幸せに……真っ当に生きて欲しいと願っている」

——そんなキレイ事を、誰が信じるというのだろう。

そう言い返したいのに、胡蝶の目は谷地中の漆黒の双眸から微塵も動かせなかった。

「谷地中が失敗する可能性もあった。だが、そのときは……今度こそお前を殺すほかないと、この男にも了承させたんだ」

胡蝶には、剣が何を言わんとしているのか、まるで理解できない。

ただ、自分が今日までこのビルで、この『Butterfly』で生きてこられたのは、すべて谷地中鈴という男のお陰だったと知って、激しい動揺に襲われていた。

口が利けず、ただ黙々と胡蝶の命令に従うだけだと思っていた男が、まさか、剣と通じていたなどにわかには信じられない。

「……ねえ、剣さん」

カタカタと全身が震えるのを感じながら、胡蝶はゆっくりと剣を振り返った。震えの原因が、驚きによるものか怒りによるものか、それとも絶望のせいなのかは分からない。

「俺を殺さないで、ココから放り出して……アンタは平気なの」

胡蝶のことを、剣は佐藤翁と同じ化け物だと言った。

「谷地中の提案が失敗したとは、言っていない」

剣が思わせぶりに目を細める。

「そんなの、関係ない。俺は殺されたっていいんだ」

胡蝶が繰り返すと、剣は小さく噴き出した。

「殺せと言うが、そんなに死にたいのなら、何故今まで自殺しなかった」

「……そ、れはっ」

痛みと苦痛を味わうために、闇医者たちに治療をさせてきた。

だが、何度も死にたいと、そう望んできたことも確かだった。

言葉に詰まった胡蝶に、剣が微笑みながら告げる。

「お前が自殺できないのは、生への執着があるからだ」

「え――」

自分でも考えたことのない指摘に、声を失う。

愕然として立ち尽くす胡蝶の肩を、剣がそっと叩いた。

「俺は、椎崎組の絶縁除籍に伴う解散命令を伝えに来ただけだ。先のことは二人でしっかりと話し合え」

「え、……話し合えって……」

戸惑う胡蝶を振り向きもせず、剣は寝室を出ていこうとする。

「心配しなくても、ここの人間の行き先はそれなりに面倒を見てやる」

剣が背中越しにそう言うが、胡蝶は小路を始めとする構成員や、店で雇っていた人間のことなど少しも心配していなかった。

冷たいと思われてもいい。

今、胡蝶の頭にあるのは、今度こそ本当に、あの気の狂いそうな苦痛と痛みを得る場所を失ってしまうことへの恐怖と、谷地中鈴という得体の知れない男への疑念だけ――。

「このビルも紅龍会本部が直轄で管理する。明け渡しまでは数日の猶予をやるから、お前もしっかりと身の振り方を考えておけよ、胡蝶」

そう言うと、剣は樫の扉の前で足を止めた。

「谷地中」

深々と頭を垂れていた谷地中が顔を上げ、足早に歩み寄る。

リリン、リン……と、鈴が鳴るのを胡蝶は虚ろな瞳で聞いていた。

「お前の心配が、現実のものになったな」

「……はい」

――リンの奴、本当に喋ってる……。

胡蝶は夢でも見ているような気分で、二人が話す様子を眺めた。

「俺にできるのはここまでだ。これで先代の尻拭いから解放されると思うと、肩の荷が下りてやっと気が楽になる」

「長い間、ご心配をおかけしました」

「お前とも今日限りだ。二度と、俺の前に姿を見せるな」

ポンと谷地中の肩を叩くと、剣は今度こそ寝室から出ていった。

リン……と、小さな鈴の音が鳴ったのと同時に、厚い樫の扉が閉じる。

胡蝶がぼんやりと見つめる先で、谷地中は扉が閉まった後も、しばらく頭を下げ続けていた。

そうして、どれほどの間、互いに無言でいただろうか。

ゆっくりと姿勢を正した谷地中の背に、胡蝶は怒りに満ちた声で呼びかけた。

「リンッ！　……お、お前……っ」

胡蝶の声に振り返ると、谷地中はまっすぐに近づいてきた。

「なんで、どうして声が……？　お前、俺を……騙してたのか！」

矢継ぎ早に質問を浴びせる胡蝶を見つめていたかと思うと、谷地中が突然身を屈めた。

「うわっ！」

驚きに声をあげたときには、胡蝶は谷地中の腕に軽々と抱え上げられていた。

「何するんだ……っ！」

ジタバタと手足をばたつかせるのをものともせず、谷地中はあっさり胡蝶をベッドの上に横たえ、掛け布団をそっとかけてくれる。

「こ、こんなことで、俺が許すと思うなよっ！」

これまでと変わらない谷地中の態度に戸惑いつつも、胡蝶は何かしら怒鳴っていないと気が済まない。

「なんで……黙ってた！　椎崎組に、俺に……恨みでもあったのか……っ！」

二年もそばにいて、谷地中の正体にまったく気づかなかった自分の愚かさが憎らしい。

口も利けず、感情も薄く、笑わない、ただ従順なだけの男だと、胡蝶はずっと思っていた。

「お前が俺に近づいたのは……報復か……意趣返しが目的だったのかっ！」

般若の形相を浮かべ、胡蝶は思いつく限りの言葉を谷地中にぶつける。

しかし、谷地中はどんなに激しく罵られ詰られても、淡々とした表情でベッドのかたわらに膝をつき、深く項垂れるばかりだ。

「なんとか言えよ！　話せるんだろう……ッ！」

胡蝶の声に、谷地中が渋々といった様子で顔を上げた。

「……胡蝶」

すっかりもとのとおりに傷が癒えた胡蝶の右手を恭しくとって、谷地中が静かに口を開く。

「お前が謝れと言うなら、いくらでも謝罪する。死ねと言うなら、死んでもいい。だが、その前に……少しでいい。話を聞いてくれ」

谷地中はまるで叱られた大型犬のように、しゅんとなって上目遣いに胡蝶を見上げた。

「だ、だったら……死ねよっ！」

激昂し、胡蝶は谷地中の手を振り解くと、その返す手で跪いた谷地中の頭を思いきり叩いた。

「俺を……騙して、ほんとは肚の中で……嗤ってたんだろう……っ！」

手を振り下ろすたび、谷地中の悲鳴の代わりに鈴の音が鳴り響く。

「お前が怒るのも、もっともだと思う。……だが、頼むから聞いてくれ、胡蝶」

乱れた頭髪を直すこともせず、谷地中はひとつずつ言葉を噛み締めるように懇願した。

「そしたら、俺はまたお前の従順な下僕に戻ろう。お前が死ねと言うなら、望む方法で死んでやるし、お前を殺せと言うのなら……」

切なげな瞳で、胡蝶を上目遣いに見上げて告げる。

「お前が求める至上の絶頂を与えた後で、地獄へ送ってやってもいい——」

淡々と語る谷地中の言葉に、胡蝶はおずおずと問いかけた。

「俺に、死の絶頂を——？」

谷地中の顔を覗き込み、胡蝶は繰り返し訊ねた。

腹の奥がジンと疼く。

「本当に……？」

「ああ」

奥まった瞳にしっかりと胡蝶を映しながら、谷地中が大きく頷く。

「俺はお前に、愛と幸福……そして、真実の快感を教えてやるために、そばに仕えてきたんだから——」

そう言うと、谷地中は胸の内にしまい込んでいた想いを吐露するかのように、静かに語り始めたのだった。


紅龍会三代目・佐藤翁の玩具のひとつとなった谷地中は、見知らぬ港の倉庫街の一角に監禁された。

そこは佐藤翁がときどき遊ぶ場所として使用されていた特殊な倉庫だった。

谷地中は薄暗い倉庫で暮らしながら、佐藤翁と見知らぬ少年たちが繰り広げる悪夢のようなプレイを、その網膜に焼きつけることを強いられたのだ。

連絡もなしに倉庫を訪れたかと思うと、佐藤翁は手足の自由を奪った谷地中をプレイの場に連れ出し、残虐極まりない光景を見せつけた。

『一瞬でも目を閉じたり、声をあげたりしてみろ。この子の尻から喉まで杖を突き刺し、お前に接吻させてやろうなぁ』

佐藤翁はそう言って、谷地中に声を発すること、目をそらすことを禁じた。

そうしてプレイの最中に、谷地中が顔を青ざめさせて必死に恐怖に抗う姿を楽しんだのだ。

やがて、見せるだけに飽きた佐藤翁は、母親を目の前で輪姦された際に勃起不全となった谷地中のペニスを、いたいけな少年にしゃぶらせるようになった。

谷地中の下腹に蹲り、必死にペニスを愛撫する少年の尻を犯しながら、佐藤翁は小さな背中を手にしたバラ鞭で容赦なく打ち続ける。

そんな無惨な光景を目の当たりにしても、谷地中は必死に歯を食いしばり、瞼を閉じないよう耐えた。

ある日、倉庫に姿を見せた佐藤翁は酷く上機嫌で、ひと目で子供と分かる痩せた少年を連れてきた。

何年前のことだったか、もう谷地中も覚えていない。

勃起不全は相変わらずで、恐怖に戦く日々を過ごすうち、とうとう声まで失って、数年が経った頃だ。

まだ成長途上の小さな尻に、ローターやバイブを複数挿入され、佐藤翁の真珠入りの歪なペニスまで咥え込まされた少年。

谷地中の目の前で、少年の美しい白い肌と艶やかな黒髪を、佐藤翁は無惨に傷つけてみせた。

悲鳴をあげる少年に、老人は谷地中の萎んだペニスを咥えるよう命じた。

美しく儚げな少年は、苦痛に喘ぎながらも目許を赤く染め、夢中になって反応しない谷地中のペニスを舐めしゃぶる。

堪え難い苦痛と嫌悪感が全身を覆うのを感じながら、それでも谷地中は抗うことを許されず、目の前の悪夢を見続けなければならなかった。

『んぁ……ふぁっん』

いくら愛撫しても勃起しない谷地中のペニスを涎まみれにして、美しい少年が恍惚の笑みを浮かべる。

谷地中はそのとき、少年が細身のペニスを勃起させていることに気づいた。

尻を忌わしい玩具と佐藤翁のペニスに犯され、杖で身体を打たれながら、少年は明らかに興奮していたのだ。

それまで佐藤翁が連れてきた少年たちは、目を覆うような仕打ちに涙を流し、苦痛に悲鳴をあげて苦しむばかりで、けっして悦んだりはしていなかった。佐藤翁一人が歓喜の声を漏らし、年に見合わぬ性欲を見せつけるだけだったのだ。

だが今、懸命に谷地中のペニスを勃起させようと口淫を続ける少年は、醜い老人に虐待を受けながら全身を桜色に染めて感じている。

『おちんちん……おっきくして、俺に……突っ込んでぇ……っ』

いつまで経っても勃起する気配のない谷地中のペニスに焦れたのか、少年は痩せ細った身体を伸び上がらせると、涎にまみれた唇を谷地中の声のでない唇に押しあてた。

『っ……』

熱を帯び、小刻みに震える身体に、少年の赤い唇が触れた瞬間、谷地中の身体にかつてないほどの苦痛と悲しみが走り抜けた。

『——っ！』

危うく放ってしまいそうな声を呑み込み、閉じることを許されない瞼をカッと見開く。

『そうじゃ、ちゃぁーんと見ておれ』

佐藤翁が少年の尻を犯しながら、谷地中が絶望に喘ぐ様を興味深そうに観察していた。

『っ……』

谷地中の瞳から、大粒の涙が溢れる。

そのひと雫が、少年の頬を濡らした。

『あはっ、なんで泣いてるの？』

おかしそうに笑って、少年が問いかける。

谷地中はもちろん、答えられない。

いや――。

もし声を発することができたとしても、身体中に渦巻く感情を説明できる自信はなかった。

『アンタ、おもしろいねぇ』

少年は熱っぽい息を吐きながら、止めどなく溢れる谷地中の涙を舌で掬っては、しっかりと味わうようにして嚥下する。

その痴態を目の当たりにしたとき、谷地中の身体に、本人しか分からない変化が生まれた。

しかし、谷地中はそれを気取られまいと、懸命に奥歯を噛み締める。

佐藤翁が醜悪な微笑みをたたえて谷地中の反応を見ていた。

眼下に、少年の猫のような目。

視界の先には、好々爺然とした仮面を被った鬼の、落ち窪んで妖しく光る双眸。

谷地中はふたつの視線に晒されながら、必死に全身の震えを抑え込もうとしていた。

『……っ……』

己の中に生まれた感情を、この狡猾で残虐の限りを尽くさんとする老人にけっして知られてはならない。

懸命に歯を食いしばり、表情を強張らせ、声と、そして涙を押し殺す。

『アンタの涙は……甘いねぇ』

谷地中の涙を啜り尽くして、少年が微笑んだ。

少年は、知る由もなかっただろう。

何を見せられても、声も発せず、目を閉じることも許されず、男としての尊厳すら奪われた肉体の内側に、少年に対する激しい欲情と恋情が、一気に津波のような勢いで押し寄せていたことを——。

『おい、胡蝶。お前もまだまだだのぅ……』

結局、最後まで谷地中が勃起しないまま、佐藤翁が少年を痛めつけ、二人で絶頂を迎えることでプレイは終焉を迎えた。

その日、谷地中は暗く澱んだヘドロの海の底のような日常の中に、ひと筋の希望を見つけた。

少年の妖艶で下品な表情とその身体の罪深さが、谷地中の琴線に触れたのだ。

切なげに喘ぎを漏らしながら、谷地中を見つめて浮かべた胡蝶の微笑みを思い出すと、身を焼くような衝動が込み上げてくる。

少年の細く幼い身体。

傷つけられ、虐げられることで悦ぶ魂を、己の手で救ってやりたい——。

谷地中は何故か、そう強く願うようになった。

心身を痛めつけることで得る快感ではなく、本当の、心と身体が繋がり合うことで得る絶頂を、少年に教えてやりたい。

優しくしてやりたい。

痛みではなく、甘い甘い、糖蜜のような快楽で、包み込んでやりたい。

絶叫ではなく、嬌声を、あの赤く愛らしい唇から零れさせたい。

暴力や恐怖によって得る絶頂ではなく、幸福の極みで得る最高の絶頂を、自分の手で少年に与えてやりたい——。

『……胡蝶』

美しい少年を、佐藤翁は繰り返し、そう呼んだ。

なんて彼に似合った名前だろう。

美しい蝶のように、妖しく奔放で、そして儚い——。

『胡蝶』

必ず、この手で助けてやる。

薄暗い倉庫の檻の中、谷地中は一人、誓ったのだ。

運命を感じたのは、ほんの一瞬のこと。

少年の唇が触れたあの瞬間に、谷地中は少年を幸福にできるのは、自分だけだと確信した。

それは、運命であり、使命だ。

『胡蝶……。こ、ちょう……』

少年にだけ、反応する身体。

少年の名を呼ぶための、声。

激しい欲情とともに、谷地中の心に少年への保護欲、そして歪な純愛が生まれていた——。


「三代目が亡くなったと知ったのは、倉庫から助け出されて、剣さんにはじめて会ったときだった」

ベッドのかたわらに跪き、谷地中は狼狽して声を失った胡蝶を見上げる。

「お前を守るために……いや、救い出すために、俺を椎崎組の構成員として胡蝶のそばに置いてくれと、剣さんに直談判したんだ」

今日までひと言も口を利かなかった谷地中が話す様を見ていると、不思議な気分になる。鈴の音とともに胡蝶の耳をくすぐる声は、低く少し掠れている上にくぐもって聞こえた。

だが、嫌いな声ではない。

「胡蝶に本当の愛情と幸福、快感を教えてやりたい……と言ったら、剣さんは何故か、俺の願いを聞き入れてくれた」

谷地中の話し方は単調で、けれどけっして間延びして聞き取りづらいわけではなく、胡蝶の耳にすんなりと流れ込んでくる。

「それが……アイツが言っていた、『提案』って……こと?」

胡蝶は顳かみを引き攣らせ、跪いた男に向かって問いかけた。

「そ、そんな馬鹿げた提案を……剣……は、受け入れた……っていうのか?」

馬鹿にされたようで、怒りに頭が真っ白になる。

「……胡蝶」

谷地中が困惑顔を向ける。情けなく眉尻を下げ、そのくせ目ばかりは爛々としていた。

「ふざけるなっ……。何が、本当の愛だ……。俺が欲しいのは……そんなモノじゃないっ」

「胡蝶、聞いてくれ」

床に膝立ちになって谷地中が手を伸ばしてくる。

「触るな——っ!」

大きな手を払い除けると、胡蝶は涙で潤んだ双眸でキッと谷地中を睨みつけた。

「……俺を、騙してた？」

怒りのあまり、顔から血の気が引いていくのが自分でも分かる。

谷地中はじっと胡蝶を見据えたまま、大きくゆっくりと頷いてみせた。

「だって……お前、いつも……何も喋らなかった。……俺が何しても、どんなに触ってやっても……勃たなかったじゃないかっ！」

胡蝶が戯れに谷地中に触れることは度々あった。それはこの前のように口淫にまで及ぶこともあれば、単に揶揄う程度に服の上から意味深に触れるだけだったりと様々だった。

だが、そんな胡蝶の悪戯に、谷地中の身体が反応したことは一度もなかった。

きっぱりと拒み切れないまま続いていた、胡蝶への手淫の最中ですら、谷地中は無反応だったのだ。

「佐藤翁に監禁されていた数年の歳月は、俺に極限的な忍耐力を与えてくれた」

谷地中は真剣な面持ちで告げる。

「だからっ……それが、なんで――っ」

嘘だったのか……と問い詰めたい気持ちがどっと溢れる。

「……けれど胡蝶」

谷地中がこれ以上はないというくらい表情を崩すのを見て、胡蝶は思わず口にしかけた言葉を呑み込んだ。

「本当は……お前の姿を見るだけで、俺は無様なくらい欲情するんだ」

泣き出すのではないかと思うような顔で、谷地中が想いを吐露する。

厚い唇が開くたび、鈴の音が小さな音を立てた。

「う、うるさ……っ」

聞いたことのない甘い声を聞かされ、見たことのない表情を次々に見せつけられ、胡蝶はますます混乱した。

「これでも？」

不意に、右手を摑まれたかと思うと、谷地中がスラックスの股間へ導く。

「――え」

さらりとした生地の向こう側で、信じられないような体積の何かが、硬く、熱く張り詰めて主張していた。

「嘘だ……っ。なんだよ、これ……。どういうことだよっ！」

信じられなかった。

剣にこのビルを……居場所を取り上げられたショックも治まっていないのに、追い打ちのように谷地中に欺かれていたのだと知らさた今、胡蝶は何も信じられなかった。

「すまない、胡蝶……っ」

怒りに顔を赤くする胡蝶にそういうと、谷地中が突然覆い被さってきた。

「なにっ……」

ベッドが激しく軋み、胡蝶は抵抗する間もなく大きな身体に抱き込まれた。

そして、息吐く暇もなく唇を塞がれる。

「ンん……っ！」

ただ強く抱き締めて唇を重ね、熱い舌を絡ませるだけの、稚拙で乱暴な接吻。

「リ……ンッ！」

一瞬、唇に隙間ができ、胡蝶は困惑の声をあげた。

だが、谷地中はそれを無視して、ベッドの中の裸体を強く掻き抱く。

「愛してるんだ、胡蝶……っ」

「……っ？」

胡蝶は耳を疑った。

罵詈雑言を浴びせられ、嘲笑を受け、浅ましい身体を褒められることはあっても、過去にただその意味のまま「愛」を告げられたことがなかったからだ。

「俺の傲慢だと分かっている。……けれど、俺はどうしてもお前が欲しい。傷だらけのお前じゃなく、ただ綺麗なままのお前が欲しい……っ」

「な……何言って……っ」

胡蝶には谷地中の言葉が理解できなかった。

ロープで縛めもしない。

蠟燭で責めもしない。

鞭で打つことも、性玩具で強引に後孔やペニスを犯すこともないまま、谷地中は唇や舌、大きな掌と器用な指先だけで胡蝶に触れる。

「愛してる……胡蝶、お前が好きだ」

飾らない言葉に、何故か胸が大きく震えた。

それは恐怖にも似た感情だ。

「……い、いやだっ……や、リンッ……いやだ、やめろっ！」

得体の知れぬ恐怖と、経験したことのない感情に、胡蝶はわけも分からず涙する。

胸が熱い。身体が熱い。激しい責め苦に耐えるよりも辛い。

「怖くない……。大丈夫だから、胡蝶。俺はお前を傷つけたりしない」

その言葉どおりに、谷地中が胡蝶の白い肌を優しく愛撫していく。舌で舐めては反応する場所を少しきつく吸い上げて鮮やかな花弁を散らし、薄紅の乳首をもどかしい快感を与えつつ執拗に愛撫する。

「俺の手、好きだろう？」

一瞬、胡蝶は理性を取り戻した。

目を瞬き、切なげな眼差しで見つめる彫りの深い男の顔を見上げ、小さく息を吐く。

「……手……？」

口に出した瞬間、これまで散々に谷地中の手で触れられた記憶が甦った。

丁寧に髪を梳く優しい手を、心地いいと感じるようになったのはいつだ？

湯の中で身体を洗われるとき、肌を撫でる掌の感触にうっとりしたのは？

そうして、一見無骨に見える手で、甘く穏やかな愛撫を与えられ、夜毎精を迸らせた――。

「俺が触れると、胡蝶はとても気持ちよさそうだった」

大きな掌が、そろりと胡蝶の頬を撫でる。

そのぬくもりが気持ちよくて、思わず目を閉じてしまいそうになり、胡蝶は慌てて首を激しく振った。

「ちっ……違う！　お前の手なんか……気持ち悪いだけだっ」

咄嗟に吐き捨てても、谷地中は抱き締める腕を解いてはくれなかった。

頬や首筋、尖った肩に痩せた腕をそろりと優しく撫でながら、胡蝶の耳許へ甘く囁きかける。

「剣さんが言ったとおり、まだここを出るまで猶予がある。その間、俺がちゃんと……教えてやるから」

身体を丸ごと抱き竦められ、胡蝶は体験したことのない恐怖に包まれた。

「リンッ、嫌だ……。放して……」

命じる声が震える。

そこに、鈴の音が重なった。

「大丈夫、怖くない。優しくする……絶対に──」

谷地中は囁きながら、胡蝶の耳をぱくりと咥えた。

途端に、背筋を甘い痺れが駆け上がる。

「い、いや……へん……変だっ！　いあっ、いやぁ……リンッ」

鮮烈な痛みは一瞬たりとも与えられていないのに、胡蝶の身体は明らかに欲情していた。

その証拠に、細身のペニスはしっかりと勃起して先走りの涙を零し、谷地中の逞しい太腿に自ら擦りつけている。

「おかしくない、胡蝶。素直に感じていればいいんだ」

震える胡蝶を抱き締め、谷地中は腹や腰骨、そして、勃起した細身のペニスに触れた。

「い、やぁ……っ」

「……お前が知らない快感を、セックスを……これからは俺が毎日与えてやるよ」

言葉どおり、その日から毎日、谷地中は胡蝶を甘い甘い快楽の坩堝へと誘ったのだった。


──あれから、何日……経った？

カーテンの隙間から朝日が差し込む眩しさに、胡蝶は顔を顰めた。そうして寝返りを打とうとして、逞しい腕に身体を抱き締められていることに気づく。

「……胡蝶？　起きたのか」

項に吐息がかかって、胡蝶は思わずビクリと身体を震わせた。慌てて寝た振りをするが、背後の男は構わずにのそりと起き上がり、顔を覗き込んでくる。

「ホットミルクを持ってこよう。蜂蜜をたっぷり入れてやるから、待っていてくれ」

ぎゅっと瞼をきつく閉じていると、男――谷地中はそっと囁きかけてから、胡蝶の項に唇を押しつけた。

「……っ！」

髪を短く切ったせいか、項への刺激に酷く敏感になってしまったような気がする。

剣から椎崎組の絶縁除籍処分を言い渡された日から、胡蝶は毎朝谷地中の腕の中で目覚めるようになった。

もちろん、好きで受け入れているわけではない。

どんなに拒んでも、谷地中が頑として譲らないのだ。

――俺の命令には……絶対に従ってたのに……。

胡蝶はベッドの中で唇を噛みながら、身体をきゅっと丸くした。

はじめて谷地中に抱かれた日から、胡蝶は衣服を身にまとわずに過ごしている。

ベッドから下りるのはトイレと風呂のときだけで、それ以外はずっと、セックスをしないときでも谷地中の腕に抱かれていた。

「胡蝶」

寝室の扉が開くと、谷地中が白いマグカップを手に戻ってきた。

見れば、何も身につけていない。

逞しい身体を見せつけるように、谷地中は股間を隠すこともなくベッドへ歩み寄ると、マグカップを左手で持ったまま胡蝶の肩を優しく揺すった。

「起きているんだろう？　ほら、冷める前に飲んでくれ」

身を屈めた谷地中に耳許へ声を注ぎ込まれると、どういうわけか肌が粟立つ。

「……うう」

胡蝶はいっそう唇を噛み閉めると、おずおずと薄く目を開いた。

すると、息がかかりそうなくらい近くに、目を細めて自分を見つめる谷地中の顔があった。

「あ」

思わずハッとして瞠目する。

「おはよう。胡蝶。今日もお前は綺麗だな」

穏やかに微笑む谷地中と目が合った瞬間、胡蝶はカッと顔が熱くなるのを感じた。

「う、うるさいっ……。気持ち悪いこと、言うなっ」

咄嗟に叫んでシーツに顔を押しつける。

だが、次の瞬間、胡蝶は逞しい腕にいとも容易く身体を抱き起こされていた。

「アッ……」

「やはり声が嗄れてる。昨日もたくさん喘がせてしまったからな」

谷地中は胡蝶をベッドに座らせると、その横へ腰を下ろして肩へ腕をまわしつつ言った。

「お、お前がっ……馬鹿みたいに……何度も、何度も……するからだろっ！」

数日が経っても、胡蝶はなかなか谷地中の声に慣れることができない。真横で喋られると、鼓膜がゾワゾワとして、なんとも居心地が悪くて仕方なかった。

「すまない。だが、胡蝶がちゃんと、心から俺の与えるセックスを気持ちいいと思うようになるまでは、抱き続ける……」

胡蝶がどんなに冷たい態度をとっても、谷地中はまるで意に介さない。それどころか、胡蝶が頑固な態度を見せれば見せるだけ、意趣返しとばかりに甘く執拗なセックスを強要した。

「ほら、胡蝶。拗ねていないで……」

ギシッとベッドを軋ませて、谷地中が胡蝶を背中から抱き締める。そして、手にしたマグカップを胡蝶の前に差し出した。

「少しだけ生姜の汁も入れてある。喉にいいはずだ」

肩越しに言ったかと思うと、谷地中はマグカップにフーフーと息を吹きかけ、そっと胡蝶の口許へ運んできた。

「腹が減った。分厚くてやわらかいパンケーキが食いたい」

胡蝶はそっぽを向くと、わざとらしくぶっきらぼうに言った。

このビルには、もう胡蝶と谷地中以外、誰も残っていないらしい。食事の準備もすべて谷地中が行っている。

どんなに無理難題をふっかけても、どういうわけか谷地中はしっかりと応えてみせるのだ。

「ああ、お前がこれをちゃんと飲んでくれたら、パンケーキでもなんでも用意する。だから、飲んでくれ」

言葉では下手に出る谷地中だが、胡蝶に拒否権がないことはこの数日ですっかり学んだ。

宣言どおり、谷地中は連日、胡蝶を甘く優しいセックスで責め苛む。

そして、同じように甘美で優しい言葉と態度で、胡蝶をドロドロに甘やかした。

「絶対だからな」

ミルクと蜂蜜のなんとも言えない芳香に、胃がきゅっとなるのを自覚して、胡蝶はようやくマグカップに手を添えた。谷地中が持ち手を持ったままなので、大きな手に白く華奢な手を重ねて唇を寄せる。

コクリ、コクリと、半分ほどミルクを飲んだところで、不意に、谷地中が胡蝶の耳へキスをしかけてきた。

「ばっ、馬鹿っ……」

思わず肩を竦めた瞬間、ミルクが跳ねて胡蝶の顎や首筋を濡らした。時間が経っていたため熱くはなかったが、マグカップを取り落としそうになり慌てて両手できつく摑む。

「リンッ！　ミルクが……」

胡蝶の困惑をよそに、谷地中は耳朶をやんわりと噛んでいたかと思うと、そのまま唇を首筋に滑らせ、ミルクで濡れた肌へ舌を這わせてきた。

「やめろっ……て、言って……あ、馬鹿……何す……」

ギョッとして逃げようとしても、太い腕でしっかと身体を抱き止められていてはどうしようもない。

谷地中は胡蝶の尖った肩から鎖骨を、まるで犬みたいにペロペロと舐め続けている。

「リ、リンッ！　ダメだ……こぼっ……」

くすぐったい感触が別の感覚へ変化するのに、時間はかからなかった。

「全部、舐めてやるから」

低くくぐもった声で呟いたかと思うと、谷地中がマグカップの持ち手から手を放し、胡蝶の手も払ってしまう。

「あっ」

胡蝶の短い悲鳴とともにマグカップが落下する。

零れたミルクが胡蝶の下腹や腿を濡らし、マグカップはベッドの上を転がってそのまま床へ落ちてしまった。

「何をするんだ、リンッ。濡れただろ……っ」

振り返って詰ろうとしたが、それより先に身体をベッドに押さえつけられる。

「……リ、リン？」

両手首をまとめてベッドに縫い止められ、胡蝶はおずおずと谷地中へ目を向けた。

「甘い匂いのする胡蝶もいいな」

谷地中が覆い被さりながら、ふわりと笑う。

「ふ、ふざけるなっ……こんな——」

ミルクをかけておいて、何を言うのだ。

胡蝶はキッと目を剥いて睨み上げたが、谷地中はまったく気にしない様子でミルクで濡れた股間へ顔を伏せた。そして、躊躇いなく細身のペニスを口に咥える。

「ああ……っ！」

萎縮していた分身をぱくりと口に含まれた瞬間、全身に痺れるような快感が走った。背を仰け反らせ、足をばたつかせるが、谷地中はびくともしない。

「んっ……やぁ、やめ……あ、吸う……なっ」

器用に舌を絡ませて幹を扱きながら、蜂蜜味のミルクを啜り上げる。

谷地中の愛撫に慣らされつつある身体は、すぐに熱く劣情を孕んだ。股間はあっさりと芯をもって勃起し、細い腰が小さく揺れる。

「甘い……」

ペニスから口を離した谷地中が、つるりとしたペニスの根元や足の付け根、そして臍の中にまで舌を這わせて感嘆の溜息を漏らした。零れたミルクを余すことなく舐め取り、見せつけるようにして嚥下する。

「ひっ……あ、ああ……へん……なとこ、舐め……な……」

いったい、いつからこんな刺激に感じるようになったのだろう。

ただ、身体中を舌と唇で舐めるだけで、浅ましく股間をいきり勃たせるなんて——。

甘いやかな刺激に陶然となりながら、胡蝶は徐々に身体を這い上がらせてくる谷地中へ目を向けた。

気づけば、腕の拘束は解かれている。

「胡蝶、気持ちいいか?」

劣情に濡れた目を細め、谷地中が問いかける。

胡蝶は頷くこともできず、ただ唇をきゅっと噛み締め、谷地中の頭へ手を伸ばし、短い髪を乱暴に掻き乱してやった。

「ちゃんと、パンケーキ……作ってやるから」

少し上擦った声で言うと、谷地中はいきなり右の乳首へ吸いついた。

甲高い嬌声をあげ、胡蝶は今までにないくらい派手に反応した。毎日弄られるうちに、乳首への刺激に敏感になってしまったのだろう。

「や、歯……あて……んな……」

短い黒髪を引っ張って退かせようと思うのに、腕に力が入らない。

胸の小さな突起から生まれた快感が、全身へと広がっていく。

「ほら、乳首がだんだんと硬くなってきた。分かるか、胡蝶？」

穏やかで優しい声。

少しだけ欲情に湿った声は、甘い快感に戸惑う胡蝶に確かな安心を与えてくれた。

「リンッ……。あ、嫌だ……それ、痒い……かゆっ……んあっ」

やわらかな愛撫をどう受け止めればいいのかも分からず、胡蝶はなまめいた嬌声をあげる。

「胡蝶……それは感じてるんだ。大丈夫、上手だ」

言いながら身体をずらすと、谷地中は再び胡蝶のペニスを咥えた。すんなりと伸びた脚の間に、小麦色の身体を進み入れ、胡蝶の腰を抱えるようにして口淫を施す。

「ひぁ……んっ！　あ、や……やぁ……っ！　やめっ……リンッ！」

谷地中が与えるのは、ひたすらに優しい愛撫だけ。

縛めて塞き止められ、異物を差し込まれ、苛まれることだけに慣れた胡蝶のペニスは、慈しむような口淫に呆気なく限界を迎える。

「いやぁ……ン！　や、やめ……リ、リン……ン！　出る……イクッ……あ、あぁ……っ！」

本人も知らぬ間に、細い腰を揺らして谷地中の喉を突いていた。

満足げに微笑みながら胡蝶の表情を窺ったかと思うと、谷地中が右手をそっと尻の狭間に差し込んでくる。

「……ひゃ……んっ！」

股間で、鈴の音が聞こえた。

ひと際強く、胡蝶の腰が跳ねる。

谷地中の指が、胡蝶の後孔を一気に貫いたのだ。

すっかり受け入れることに慣れた淫靡な孔は、美味そうに谷地中の指を食み、過敏に反応する箇所へと誘うように蠢く。

「い、いや！　あ、リン……っ、リンッ……？　俺、へん……変になる……いやだ、いや……ほんとぅに、イク……ッ」

白魚のような指で黒髪を掻き乱して懇願するが、股間に顔を埋めた谷地中は聞き入れず、胡蝶の腰の奥を器用な指先で引っ掻いた。

それと同時に、細身のペニスを強く吸い上げられる。

肉厚の唇と長い舌が、吐精を促して幹に巻きつき、根元を絞り上げるように扱く。

「く、ふぅ……んっ！」

目が眩むような、けれど、不思議な安堵を覚える絶頂に、胡蝶は声もなく喘いだ。

「あ、あ……イ……イッて……る。な……んで、こんな……」

痛みをまったく与えられないままの絶頂に困惑しつつも、小刻みに腰を揺らして精を放つ。

ドクドクと何度にも分けて谷地中の喉奥に吐精すると、肉厚で大きな舌が裏筋をやんわりと舐め上げた。

「それ……いや……だぁ。しない……で、止まらな……くな……あ、ああっ……」

最後の一滴までをしっかりと搾り出すように吸い上げてから、谷地中はようやく胡蝶のペニスを解放してくれた。

「ふぁ……っ」

だが、指は胡蝶の尻に残したままだ。

谷地中が腫れぼったく充血した唇を涎と精液で汚したまま、絶頂の余韻に陶然とする胡蝶へ呼びかける。

「抱くぞ、胡蝶？」

挿入の直前、谷地中は必ず胡蝶にそう訊ねる。

優しい問いかけだが、声には有無を言わせぬ力強さがあった。

「……ん」

何を問われたか考えることもできないまま、胡蝶は曖昧に頷く。

いつの間にか、目に涙が浮かんでいた。

苦痛を伴わない絶頂に、胡蝶はただ困惑するばかり。

自分の理解の範疇を越えた快感が、恐ろしくて堪らない。

幼い頃から両親によって虐待を受け続けた胡蝶は、いつしか痛みを快感にすり替える術を身につけていた。

以来、胡蝶は痛みと陵辱の中に生きてきたのだ。

痛みから得る快感と絶頂が、胡蝶の生きる証だった。

それなのに――。

「胡蝶……いいか？」

繰り返し静かに問い訊ねてくる男の顔へ、茫洋とした眼差しを向ける。

今、胡蝶は幼い頃から培われてきた価値観を、一変させられようとしていた。

「愛しているんだ、胡蝶。どうか、俺の手で……身体で、お前に本当のセックスを、愛される喜びを教えさせてくれ」

口を利けなかった男が、甘く優しい声で胡蝶の名を呼び、愛していると繰り返す。

男の手はかつて胡蝶に触れた誰よりも優しく、慈しみに溢れていた。

男が胡蝶に与えるのは、ただただひたすらに甘く優しい愛撫だけ……。

「ぁ……あっ」

答えられずにいると、谷地中が我慢できないとばかりに、突然胡蝶の腰を抱え上げて膝立ちになった。

鈴が、絶えず愛らしい音を響かせている。

「愛してる、胡蝶。俺はずっと……一生お前の下僕だ」

胡蝶は涙に潤んだ双眸を声がした方へ向けた。

切なげに胡蝶を見つめる黒い瞳が、そこにあった。

細い足首に許しを請うように唇を寄せ、谷地中は何度も「愛している」と囁く。

「リン……やめっ、あ……はぁっ」

気がおかしくなりそうだった。

甘い快楽など、今までの人生で味わう機会は一度としてなかった。

痒みと痺れにも似た曖昧な快感に戸惑うばかりで、喉から溢れる甘えた声さえ自分のものとは信じられない。

「……俺を、お前のものにしてくれ、胡蝶……っ」

上擦った声がしたかと思うと、胡蝶は下腹に焼けるような衝撃を覚えた。

かつて突っ込まれたどんなバイブやディルドより明らかに大きな存在感と、熱——。

「つぁ……っ！」

声も出ない。

身体の内側から焼き尽くされるような衝撃に、胡蝶は呼吸すら忘れる。

「胡蝶……っ」

一気に際奥まで穿つと、谷地中が胸を重ねてきた。

逞しい腕に強く抱き締められ、胡蝶はそこでようやく酸素を胸いっぱいに吸い込む。

そのとき、胡蝶の鼻腔に嗅ぎ慣れた匂いが広がった。

自分のために、特別に調香された、伽羅の匂いだ。

「リン……っ？」

谷地中の項から匂い立つ芳香に、胡蝶は激しく官能を刺激される。

間をおかず、ゆっくりと谷地中が腰を使い始めた。

瞬時に甘く切ない快感が胡蝶を襲う。

伽羅の匂いが、寝室に満ち溢れる。

「んっ、あんっ……ぃあ、あぁっ……んあっ…っ……ンんッ！」

激しくベッドを軋ませて、谷地中は胡蝶を官能の坩堝へと引き込んだ。

薄い胸を仰け反らせ、胡蝶は身も世もなく喘ぐ。

糖蜜のような快感は、胡蝶から一切の思考を奪っていった。

まるで忌わしい過去を打ち壊すかのように、谷地中は絶え間なく律動を与え、胡蝶を新しい絶頂の世界へと連れ去ろうとする。

「胡蝶……っ、愛してる……」

「あぁっ……！　リンッ……変にな……あ、やだぁ……怖ぃっ……あ、んあっ……はぁ……っ！」

熟れたリンゴ色の唇から零れるのは、悲鳴ではない。

甘えるような、啜り泣くような、あえかな嬌声だ。

いつしか胡蝶は谷地中の大きな背中に腕を回し、自ら腰を擦りつけて強請った。

「リンッ……ね、ねぇ……奥……奥に……もっと、ちょお……だい」

甘い甘い、シロップのような快感を、涙を流して「もっと欲しい」と声をあげる。

「ああ……胡蝶。俺が与えられるものは……全部お前にあげるから……」

谷地中は胡蝶が欲するままに快楽を与えてくれた。

奥を突いてくれと願えば、奥のもっとも感じる箇所を。

尻の窄まり近くをなぞれと言えば、ペニスのカリ首で引っ掻いてくれる。

「あぁっ……リンっ……すき……これッ……コレ好きっ……もっとあ、イク……イッちゃう」

胡蝶は谷地中に突き上げられながら、何度も絶頂を迎え、ペニスを弾けさせた。

「いいよ、もっとあげよう。お前が欲しいだけ、何度でも、いくらでも……」

谷地中は疲れを知らぬ獣のように、けれど優しく、胡蝶を至上の快楽へと導く。

「はぁ……あ、気持ち……いぃ……よぉ」

甘いセックスに溺れ、意識を手放し眠りに落ちるまで、谷地中は何度も、何度も胡蝶を抱き続けたのだった。


剣に告げられた立ち退きの日の、早朝。

すでに誰もいなくなったビルの最上階の寝室は、伽羅の芳香と汗の匂い、そして乱れた吐息が満ちていた。

真っ暗だった東の空が、ゆっくりと明るくなってくる。

椎崎組の絶縁、除名処分を告げられたあの日から、胡蝶は谷地中との甘いセックスに溺れ続けていた。

「リン……好き……すきぃっ」

「ああ、胡蝶。俺も愛している」

優しく愛を告げる谷地中の額に滲む汗を、胡蝶は頭を抱き寄せて舌で舐った。

「おい……ひぃな、リン……。お前は……汗も……あまい――」

「……胡蝶っ」

胡蝶が何度も絶頂を迎える中で、谷地中はこの日はじめての限界を迎えた。

「くっ……ぅっ」

白い身体を強く抱き締め、谷地中は堪えに堪えた絶頂に全身を強張らせる。

「あ、リンッ――」

耳許で胡蝶の呼ぶ声に誘われるように、その熱と欲望を胡蝶の腹の奥へ解き放った。

「こ、ちょう……っ」

「ンん……ぁ、あ、ああ……っ」

同時に、胡蝶ももう何度目か分からない絶頂を迎える。

「あ……ぁっ」

果てる瞬間、胡蝶はふわりと微笑むようになった。

どうしてだかは、分からない。

これまでの狂気に歪んだ悦楽の表情ではなく、優しく穏やかに微笑みを浮かべて達する胡蝶に、谷地中がそっと口付ける。

「……胡蝶」

幸せな絶頂の余韻と、啄むような接吻の心地よさに意識を朦朧とさせながら、胡蝶は谷地中の甘えるような声を聞いていた。

「俺と……生きてくれるか？」

谷地中の腕の中で、胡蝶は猫のような丸い瞳を見開き、首を傾げる。

すると、谷地中が切なげな声でもう一度訊ねた。

「外の世界で……一緒に、生きよう？」

胡蝶はそろりと谷地中の唇に右の中指で触れた。

もうずっと、この男の声を聞きたいと思っていた。

出会った頃から、ずっと……。

「駄目だろうか？」

谷地中は胡蝶に唇へ触れさせたまま、大きな掌で尖った肩を包み込んだ。
リ、リン……と、寂しげに首輪の鈴が鳴る。
「……ねえ、リン」

胡蝶は静かに瞼を閉じると、肩に触れた優しい手に自分の左手を重ねた。

もうずっとずっと長い間、この手で触れて欲しいと願っていたことを、今になって思い知る。

「俺は……外の世界でも、生きていけると思うか？」

はっきりとした恐怖が、胡蝶の胸にある。

外の世界で生きていた頃、胡蝶はそこで痛みしか経験しなかった。

苦しみしか、味わえなかった。

「……大丈夫」

胡蝶の不安を、谷地中があっさりと払い除ける。

大きな手が、短くなった胡蝶の髪を何度も優しく撫でた。

「俺がいる。お前を二度と傷つけないと、この命に懸けて誓うから……」

胡蝶の胸に、こみ上げるものがあった。

「……っう、うぅ……っ」

何かの箍が外れたかのように、双眸から涙がドッと溢れる。

「胡蝶、胡蝶……？　どうして泣くんだ？　俺はお前を傷つけないと言ったろう？　お前の欲しいものは、なんだってくれてやると約束しただろう？」

胡蝶の涙に、谷地中が戸惑う。

同調するように、鈴が震えて悲しげな音を立てた。

その反応さえ、胸が切なくなってどうしようもない。

「リン……リンっ、……リンッ」

裸の逞しい胸に顔を埋め、胡蝶は小さくしゃくり上げた。

こんなふうに泣いたことなど、過去に一度としてなかった。

「胡蝶……泣くな。愛しているから、泣かないでくれ」

谷地中の手が……声が、優しくて泣けてくる。

胡蝶ははじめて、狂気に満ちた地獄以外にも、自分の生きる場所があるのだと知った。

「……リン」

人としてではなく、玩具として生きていた自分を振り返る。

暗く澱んだ狂気に埋め尽くされた地獄のような世界で、谷地中と出会ったのは、果たして偶然だったのか……。

「俺を、ちゃんと生かして——」

自ら谷地中の手をとり、狂気の世界への決別を覚悟した。

この男のそばでなら、外の世界でも人として生きていけるような気がしたのだ。

怖くないと言えば、嘘になる。

それは、谷地中も同じだろう。

お互いに、新たに生まれ直すようなものなのだから。

「ああ、胡蝶。……約束するよ」

谷地中の声は、胡蝶の耳に心地よく響く。

鼻腔に広がるのは、伽羅の匂い。

深く深く、唇を重ねる。

鈴の音が、優しく響く。

抱き締め合うと、ぬくもりが心地いい。

東の窓には、燃えるような暁光。

まるでこのビルを焼き尽くすかのような暁の空。


この日、暁の空に、蝶が飛び立った――。


椎崎組の絶縁除名処分は、紅龍会はもちろん、全国の暴力団組織に回状が送られ通知された。

椎崎組解散後、『Butterfly』で働いていた医師たちは、そのまま剣の配下に属することとなり、特殊な部署でその秀でた技術を役立てることになった。

小路は紅龍会の系列会社が営むＳＭ倶楽部で働きつつ、その明晰な頭脳を買われて事務方としても重用されることが決まった。

その日の朝、紅龍会四代目会長・剣直嗣の命を受け、補佐役であり秘書である本山は新宿にあるビルを訪ねた。

だが、地上七階地下一階のビルの中には、主だった絶世の美青年の姿も、彼に付き従っていた口の利けない男の姿もなく、ただ、濃厚な伽羅の匂いだけが本山を迎えたのだった。

エピローグ

京都のとある町屋に、小さな香の店ができて数年が過ぎていた。

店の名は――胡蝶。

伽羅を専門に扱う風変わりな店だ。

店主は一見しても年齢の定かでない酷く美しい青年で、この店主の他には無口な香司が一人いるだけ。口コミで広がった評判は上々で、特別に調香された伽羅香は何年も待たなければ手に入らないほどの人気ぶりだ。

だが、これだけ繁盛していても、美しい店主は店の規模を広げる気も、人を増やす気もないという。

「おい……、剣さんからの注文、納期に間に合うか？」

仕立てのよい和服を着た店主の呼びかけに答えるのは、小さな鈴の音。

「ああ、大丈夫だ。ちゃんとあの方に合わせて調香した新しい香が間に合う」

逞しい体躯に作務衣を着た男が、穏やかな笑みを浮かべて店主に頷く。

「じゃあ、それが終わったら、今日は店じまいしよう」

「……分かった」

香司の男が頷くと、動きに合わせて小さな鈴の音が鳴る。

どこに仕込まれているのか、香司は鈴を身に着けているらしかった。

「鈴《りん》……」

ころころと鳴る小さな音と同じ名前を呼んで、店主が作業場に座した香司の背におぶさる。

子供が甘えるような仕草に、鈴——と呼ばれた香司は嫌な顔ひとつしない。

「今日来た雑誌の編集とかいう奴から、上生菓子をもらった」

「そうか」

香の評判と店主の美貌を聞きつけて、開店直後から取材の申し入れが殺到していた。

だが当然のように、すべて断っている。

「お前が片付けている間に、コーヒー、淹れてやるから食べよう」

肩に顎をのせて告げた店主の言葉に、鈴という男がふと首を傾げた。

「胡蝶」

「ん？」

今度は店主が首を捻る。

胡蝶——という店と同じ名が、この美しい青年の名前なのだろう。

「お前、コーヒーなんか、いつ淹れられるようになった」

香司が座布団の上に胡座を掻いたまま、店主の身体を器用に引き寄せながら訊ねる。

「いつ……って、いつだって淹れられる」

香司の腕に抱き寄せられるまま、胡座を掻いた膝の上に収まった店主が、拗ねたような口ぶりで答えた。

「ドリッパーに触ったこともないのに?」

揶揄うような香司の言葉に、店主がムッとする。

「お、お前がいつもやってるのを見てるから、俺にだってできる……っ」

香司の逞しい腕の中で、店主は幼い子供のような表情を浮かべていた。俯いてあらわになった白い項が、ほんのりと桜色に色づいている。

しばらく黙っていた香司が、やがてふわりと口許を綻ばせた。

「そうか」

そう言って、眼前の項へそっと唇を押しつけた。

「……あ」

強く抱き締められ、店主が小さな声を漏らす。肩を竦め、香司の膝の上でもじもじと身を捩ると、着物の裾が乱れて白い脹脛があらわになった。藍鉄色の長着と日焼けしていない素肌、そして白い足袋のコントラストが目を引く。

「鈴っ……放せって……。コーヒー、淹れられな……」

左手をすんなりと伸びた脚へ伸ばしながら項へ幾度もキスしていた香司が、店主の抗議にはたとなった。

「……ああ、そうだった」

残念そうに嘆息して、香司は店主の乱れた裾を直してやる。

「店の表だって、まだ鍵が開いているのに……。お前、何考えてるんだ、まったく……」

項だけでなく顔まで赤らめてブツブツと零しながらも、店主は香司の膝から立ち上がろうとはしない。

「……胡蝶？」

香司が、小さく背中を丸めたまま項垂れる店主の顔を覗き込んだ。

「どうしたんだ。どこか具合でも……」

「……ぅるさい」

心配そうに問いかける香司の声を遮り、店主が小さく吐き捨てる。

そして、白魚のような細い指をした手で、赤くなった顔を覆った。

「お、お前に触れられると、おかしな気分になるの……知ってるくせに……っ」

小刻みに身体を震わせてそう言ったかと思うと、店主は何かを吹っ切るように勢いよく立ち上がった。

「胡蝶？」

香司が、腕の中から逃げ去った美しい蝶を名残惜しげに見上げる。

「お前より……絶対に美味いコーヒー淹れてやるから、さっさと片付けろ！」

捨て台詞を残し、いそいそと店の玄関を閉めに走る後ろ姿を見送って、香司がくすっと笑みを浮かべた。

作務衣に包まれた身体が小さく震えると、鈴の音が鳴る。

香司はしばらくの間、店主が忙しく駆け回る音に耳を傾けていたが、やがて、ゆっくりと片付けを始めた。

小さな町屋には、店主と香司の二人きり。

店に漂うのは、濃厚で、けれど嫌みのない伽羅の香りだけで、ＢＧＭも流れていない。ときおり、香司が身に忍ばせた鈴の音が、かすかな音を立てるのみだった。

芳醇な香の匂いに満たされた空間は、まるで二人だけの世界そのものといえる。

この店に足を踏み入れた客は、ほんのいっとき二人の世界の来訪者となり、香を手にすると現実へと帰らされる……。

この店は、客たちにそんな幻想を与えているに違いない。

「……ん？」

道具を丁寧に拭って、木製の箱へしまっていた香司が手を止め、鼻を鳴らした。

伽羅の香りの中に、芳ばしい独特の芳香が漂ってくる。

店の脇から通り庭を抜けた奥にある小さな「だいどこ」と呼ばれるキッチンで、店主がコーヒーを淹れ始めたのだ。

香司は手早く道具を片付けると、作業場を丁寧に掃き清め、座布団をふたつ並べた。

「鈴！」

そこへ、見計らったかのように店主の声がかかった。

少し上擦った声に、香司が慌てて駆け寄る。

通り庭へと面した引き戸を開けると、店主が美しい眉を八の字にして立っていた。手にした漆塗りの盆には、信楽焼きのコーヒーカップが二つと、小皿に盛られた美しい菓子がのっている。

「……その、持ってくるときに、少し……零れた」

言葉どおり、盆の上は褐色の液体で水浸しだ。

「火傷はしていないか？」

しかし、香司は盆をかわりに持ってやりながら、店主に怪我がないか訊ねただけ。

店主はホッと小さく安堵の溜息を吐くと、途端に表情を変化させた。

「そんなヘマはしない」

胸を反り返らせると、香司に手を引かれて作業場へと上がった。

香司は右手に盆を持ち、左手で店主の白い手を引いて作業場の座布団へと誘う。

そうして二人、向き合って腰を下ろすと、香司が盆から菓子とコーヒーをそれぞれの前に置いた。零れたコーヒーで濡れた底の部分は、もちろん拭っている。

「……いい香りだ」

マグカップを手にした香司が低く呟くと、店主が自慢げに目を細めた。

「飲んでみろ。絶対に美味いから」

言って、自分もマグカップを手にとり、口に運ぶ。

だが、二度ほど息を吐きかけて褐色の液体を口に含んだ瞬間、店主は見る見るうちに顔を顰めた。

「な、なんだ……。これ……っ！」

険しい表情でマグカップを見つめ、そして、すぐに香司の様子を窺う。

香司はわずかに眉間に皺を刻みつつも、平然とコーヒーを啜っていた。

「鈴、お前……平気なのか？」

「……平気、ではないな」

上目遣いに視線を向けると、香司は店主へ穏やかに微笑んだ。

「胡蝶、豆は何杯入れた？」

「……え、すり切り、一杯って書いてあったから、そのとおりにしたけど？」

きょとんとして応えるのに、香司はしばらく考え込んでから、ふと気づいたように言った。

「まさか、ドリッパーに……すり切り一杯、豆を入れたんじゃないか？」

「……ああ、そうだ」

さも当然と応える店主に、香司は笑みをたたえたまま頷く。

「それは、苦いはずだ」

小さな呟きは、店主の耳には届かなかったらしい。

「なんだよ、鈴。不味いなら、はっきりそう言えばいいだろっ！」

マグカップを早々に手放した店主が、香司に言い募る。

しかし、香司はやわらかな笑みを浮かべ、コーヒーをまた一口啜ってみせた。

「お前が俺のために淹れてくれたコーヒーだ。不味いはずがないだろう」

「……鈴」

おそらく、苦くて堪らないであろうコーヒーを平然と飲んでみせる香司を見つめ、店主は唖然とした表情を浮かべた。

美しい黒い瞳に、大粒の涙が浮かぶ。

「り……ん」

店主は床に手をつくと、そろりと立ち上がって香司にしがみついた。

香司が瞼を伏せ、左手で店主の細い腰を抱いてやる。

「……俺、お前を愛してるんだと思う」

店主が唇を戦慄かせた。

「そうか……」

「愛してるって、言ってるんだ」

「ああ、泣けてくるな」

鈴の音が鳴る。

伽羅とコーヒーの香る作業場で、二人の唇が重なった。


暁に飛び立った蝶は、静かにこの街に息づいている。

美しい店主と無口な香司は、暁色に蝶の絵が染められた暖簾の向こうで、穏やかで優しい匂いに包まれ、生きている。

夜明け前

新宿で佐藤翁《さとう》というヤクザのジジィに拾われた俺は、椎崎組《しいざき》の若頭になった。

だが、その生活の場は佐藤翁の本宅の離れだった。

そして、佐藤翁に告げられたとおり、俺が生きる世界はこの離れだけになった。

つまり、軟禁されたのだ。

椎崎組若頭という肩書きを与えられはしても、俺は佐藤翁の玩具……ペットに過ぎない。

それでも、俺には十分だった。

外の世界に興味はないし、痛めつけられ、気を失ってしまうほどの快楽を与えてくれる佐藤翁のそばを離れることなんて考えもしなかった。

日々の世話は専任の老婆がしてくれる。それはもう、まるで俺を宝物か王様のように大事に扱ってくれるのだ。

俺にとってはこの離れこそが、楽園そのものだった。

そしてこの離れでは、数日おきに身の毛がよだつような狂宴が催される。

父親や母親から与えられることのなかった限界の痛みを、苦しみを、佐藤翁は俺に絶えることなく与えてくれるのだ。

与えられる責め苦に喜悦の表情を浮かべながら、俺は痛みをすすんで受け入れた。

華奢な身体にひとつ、またひとつと傷が増えるたび、精神を病むどころかこの上ない充足感に満たされる。

そうして新たな快楽を得るために、俺は傷だらけになった身体をありとあらゆる手段をもって治療した。

金はいくらでもあった。

佐藤翁が『小遣い』としてくれる金は、きっとその辺の市や街の予算なんかより多いだろう。

その金にものを言わせて身体をメンテナンスしては、繰り返し佐藤翁の前に差し出すのだ。

佐藤翁に飼われるようになって、俺は自分の容姿が特別人とかけ離れて、美しく整っていることを意識するようになった。

家にいたときには、女みたいだという劣等感しかなかった白い肌や大きな瞳が、酷く他人の嗜虐心をくすぐると知って、自分の身体を磨くことも覚えた。

俺が美しくあればあるほど、それを破壊し汚すことに佐藤翁は興奮する。

そうすれば、自分が求める以上の快楽が、対価として与えられた。

俺は、美しい自分を傷つけられることに、この上ない興奮を覚えた。

骨が軋むほど殴打されて痣を刻み、皮膚を裂かれて血を流しながら浅ましく股間を勃起させ、もっと酷くして欲しいと喘ぎ懇願する。

幼い頃から持て余してきた、醜くも鮮やかな欲望――。

佐藤翁という化け物じみたヤクザと出会ったことで、俺はこの世に生まれた意義のようなものをはじめて知ったのだった。


ある日、佐藤翁は俺を屋敷の離れから連れ出した。

新宿の路地裏で拾われてから、外に出るのは三年ぶりぐらいだ。

十六歳になった俺は声変わりして、身長も二十センチ近く伸びていた。

といっても、見かけは年齢よりも随分と下に見られる。

変声期を迎えても、声は少しトーンが低くなっただけで、まるで少年合唱団にいてもおかしくないようなソプラノのままだった。

佐藤翁は俺の声も、カナリヤのようだといって好んでくれていたから、あまり酷い変声にならずに済んで正直ホッとしていた。

見かけも少し頬がほっそりして背が伸びたくらいで、肉付きは相変わらずよくない。もとから食は細い方だし、いつも身体のどこかを怪我しているのだから当然と言えた。

ひょろりとした容姿を、佐藤翁は儚げでいいと褒めてくれる。

――どこまで、行くんだ？

見上げた空は高く、東京の街もなんだかお伽話の世界みたい。あちこちで桜の花が満開を迎えていて、余計に見知らぬ世界のように感じられた。

屋敷から一時間ほど車を走らせて到着したのは、東京湾のどこかにある倉庫街だ。

その中のある一棟の前で車が停止すると、倉庫の中から作業着姿の男が一人出てきて、俺と佐藤翁を出迎えてくれた。

倉庫へ案内する男に、佐藤翁が問いかける。

「アレはどうしておる？」

「おとなしくしています」

薄暗い倉庫の中はガランとしていて、獣を閉じ込めておくような檻の箱が壁際にいくつも並べられていた。

三人の靴音だけがやけに響いて、俺は妙な胸騒ぎを覚える。

やがて、倉庫の内部にはおよそ似つかわしくない、コンクリートの壁が見えてきた。

「では、何かありましたら、インターフォンで呼び出してください」

鉄の扉を開けて慇懃にお辞儀する男の向こうに、闇が広がっていた。

「おいで、胡蝶《こちょう》」

佐藤翁は少しも躊躇う様子もなく、壁の向こうの闇へ足を進める。

俺は一瞬の逡巡の後、黙って佐藤翁の背中に続いた。

奥の部屋に入ると、探知機能が反応したのか、オレンジ色の明かりが灯った。同時に、背後の扉が勝手に閉じる。

「見てみろ、胡蝶。今日はアレと一緒に、儂と遊ぶんじゃ」

言って、佐藤翁が杖の先で示したのは、四肢を拘束された全裸の男だった。

「なに、アレ」

手足を枷で縛められ、枷の先に着いた鎖で壁に繋がれた男は、佐藤翁の姿に瞠目し、全身を小刻みに震わせている。

「アレはな、儂のペットじゃ。妙に生真面目で頑固な男で、何をやっても男として役に立たない。おまけに近頃は、声まで失くしてしまいよってなぁ……」

佐藤翁はやれやれといった様子で話しながら、男の前に敷かれた布団の上に俺を手招きした。

「それで、儂はふと思ったんじゃよ。お前のような美しい子供がいたぶられる様を見ても、声を漏らすことはないのか。勃起することはないのか……とのぉ」

「へぇ……」

聞いているだけで、身体がゾクゾクと震えた。

いくら楽園で不自由なく暮らしていても、代わり映えのない毎日にそろそろ飽きていたのだ。

「脱ぎなさい、胡蝶」

指示されるまま、俺は布団の上で着ていたものをすべて脱ぎ捨てていく。

男は最初、俺から目を背けようとしていたが、佐藤翁に杖で一発殴られると、その後は素直に視線を向けるようになった。

「さあ、胡蝶。この男にお前の美しさを見せつけてやれ」

正直、俺には男の存在など、どうでもよかった。

佐藤翁がメチャクチャに傷つけてくれるなら、それでよかったのだ。

ただ、他人の目に晒されるのは、嫌いじゃない。

全裸になると、俺は布団の上に胡座を掻いた佐藤翁の前で四つ這いになった。丁度、鎖で繋がれた男の眼前に、尻を突き出す格好になる。

「ほれ、そのかわいらしい口で奉仕しろ。早く勃起させれば、その分お前にも褒美をやるからのぉ」

佐藤翁が着物の前を寛げ、褌の中から萎れたペニスを取り出した。

俺はそれを、手を使わずに口に含む。

真珠をいくつも埋め込んだ異生物のようなペニスを、俺は口を精一杯に広げて頬張った。

「んっ……ふぅっ、む、ぅんっ」

ペニスはすぐに硬く勃起し、俺の上顎を真珠でゴリゴリと刺激する。

身体が反射的に熱くなるのは、佐藤翁ばかりでなく俺も同じだ。

全裸になり、繋がれた男の視線を浴びたときには、細身のペニスは半勃ちになっていた。

「いい子だ、胡蝶」

満足げな佐藤翁の声に続いて、尻を杖で殴られる。

「んはぁ……っ！」

背中や尻を打たれる痛みに、俺はペニスを咥えたまま、甘い吐息を漏らした。

全身が歓喜にうち震え、ペニスはすぐ完全に勃起する。

「ほら、見てみろ。犬が物欲しそうにお前を見ているぞ」

少し上擦った佐藤翁の声に、身体が勝手に反応する。

フェラチオを続けながら肩越しに振り返り、長く伸びた髪の隙間から男の様子を盗み見た。

男は、今にも泣き出しそうな顔をして、俺をまっすぐに見つめている。

逞しい腿の間のペニスは、まるで赤ん坊のソレみたいに縮こまっていて、全身が恐怖に震えているのが手にとるように伝わってきた。

「んっ……ふっ、う、ううっ」

佐藤翁は老人らしからぬ力で、俺の背中を容赦なく杖で打ち続ける。

腰をくねらせ、背中を丸めたりしながら、俺は皮膚を打ち裂く痛みに恍惚となった。

「……っ！　……っ！」

顔を背けることを許されない男が、涙を流して俺を見つめている。

恐怖と悲しみに濡れた瞳に自分の浅ましい姿が映っているのかと思うと、それだけで軽くイッてしまいそうだ。

「胡蝶、そんなに腰を振って……尻が寂しいんだろう？」

背中を打つ手を止めて、佐藤翁は俺に尻を向けるよう命じた。

体勢を入れ替えて向けた俺の背を、佐藤翁はベロリと舌で舐め上げる。

「背中が真っ赤だ。おお、ココとココ、切れて血が出ている」

「はぁ……んっ！」

唾液が傷に染みて、堪らず声を放った。

眉を寄せた俺の真正面には、男が不安とも怒りともとれない表情をして唇を噛んでいる。

「あ、ああ……。アンタの目、すっごい……」

これまでも、他人の目の前で様々な狂態を演じてきたけれど、ここまでその視線を気にしたことはなかった。

いつもいつも、自分の痛みと、痛みを与えてくれる相手だけが大切で、プレイが始まれば他のことなどどうでもよかったのだ。

けれど、今日だけは何故だか違っていた。

男は声を発することもなく、興奮するでもない。

ただ壁に繋がれて、身体を震わせているだけの男の視線が、どうしてこんなにも気になって仕方がないのだろう。

「胡蝶、お前のこのかわいらしい尻が、今日はどれだけのオモチャが咥えられるか、あの犬に見てもらおうかのぉ」

「やっ……あ、あっ」

佐藤翁の指が、潤滑剤のぬめりもなしに、俺の尻に突き入れられる。

窄まりを強引に広げられ、皮膚が引き攣れて痛みが走る。

「んぁっ……あ、あぁっ……」

尻から伝わるぴりっとした痛みと、背中のヒリヒリとした殴打の痕に、俺は喉を仰け反らせて喘いだ。

佐藤翁の容赦ない指に、窄まりの内側を掻き混ぜられる。

「毎日飽きるほど弄ってやっておるのに、胡蝶のココはいつまで経っても蕾のように固いままだ」

抑揚のない声に、わずかに湿度が感じられた。

「ああ……」

目の前の鎖に繋がれた男の戦く表情を見つめながら、俺は佐藤翁の醜いペニスが脈打つのを想像する。

早く、指なんかじゃなくて、もっと酷い玩具や何かで、尻の奥を掻き混ぜて欲しかった。

「っァあ……っ」

焦らされるのも悪くはないけれど、やはり直接痛みを与えられる方が何十倍も気持ちいい。

「ほれ、しっかり味わうがいい」

佐藤翁はそう言ったかと思うと、いきなり指を乱暴に引き抜いた。

すかさず、ゆるんだ俺の尻に、何か固くて冷たいものを挿入する。

「いくつ、入るかのう……」

遠慮なく尻に押し込まれる丸くて固いものがピンクローターだと、俺はすぐに察した。

「はぁっ……っ！」

一気に指で奥まで挿入され、腹の底が浮き上がるような感覚に襲われる。

思わず背中が仰け反り、変な声が漏れた。

「ひう……っ」

苦痛に歪む俺の顔を、繋がれた男が涙を浮かべて見つめていた。

目をそらすことも、瞼を閉じることだってできるだろうに、男は頬をブルブルと痙攣させながらも、奥歯を噛み締めて俺を凝視している。

佐藤翁の命令は絶対なのだろう。

「ほら、いっぺんに二個、入れてあげよう」

声に続いて、ローターが次々と奥へと押し込まれていく。

息が詰まるような圧迫感に、俺は溜息を漏らした。

腹の中で、いくつもの異物が擦れ合うのが、なんとも言えず苦しくて気持ちいい。

「六つも喰らったというのに、まだ足りんようだの、胡蝶よ」

「ハッ……はぁっ！　も……もっと、もっと虐めてっ！」

俺は尻を揺すって強請った。

勃起したままのペニスは、先走りを垂らし続けているが、絶頂に至るほどではない。

「ううっ……！　ぁ……うぁっ」

そのとき、壁に繋がれた男が、いきなり奇声を漏らした。

声と呼ぶにはあまりにも頼りない、なんの意味も持たない呻きに、佐藤翁がわずかに驚きの声をあげる。

「ほお……」

それは、俺も同じだった。

ただ苦しげに表情を歪ませるばかりで、声を発することのなかった男が、身体を揺すって苦しげに嗚咽を漏らす。

そして、涙の潤んだ瞳でまっすぐに俺を見つめていた。

「胡蝶、どうやら犬はお前を気に入ったようじゃ」

佐藤翁の意味深な台詞を、欲情にまみれた頭で理解できるわけがない。

ただ、男が俺の痴態を見て反応を示したことが、妙に嬉しかった。

「んあ……あ、ああ――っ！　み、見て……もっと、俺のいやら……しぃ、かお……」

佐藤翁に尻を苛まれながら、俺は涎を垂らして男に懇願した。

「ふっ……うぅっ！」

男は瞠目し、唇を血が滲むほどに噛み締める。

「ほっほっほ、胡蝶。もっと犬に見せつけてやれ。お前が傷つけられながら、快感に悶える美しい姿を――」

佐藤翁も明らかに興奮していた。

六個のローターを咥え込んだ俺の尻に、今度は黒々としたバイブを押し込み、それこそグチャグチャと動かして、俺の腹を掻き混ぜる。

「ひぁ……っ！　あぁっ……んあっ……かはっ……うぅっ、んんっ……！」

目の前にいくつもの星が煌めき、頭の中が真っ白になる。

限界まで広がった窄まりの表皮が裂け、血が滲む様が目に浮かぶようだ。

尻に咥えた玩具のモーターが、一斉に動き出す。

「い、アアァ――――ッ！」

「……おお、いいぞ。胡蝶っ」

視界が一瞬で、血の色に染まった。

佐藤翁の手が、尻の肉に食い込む。

腹を押し上げる圧迫感で、真珠を埋め込んだ醜いペニスを、バイブやローターと一緒に挿入されたのだとぼんやり思い至る。

俺の思考を占めるのは、激しい痛みと、快感だけ。

そして、赤い視界には、涙を流して俺を見つめる、大きな犬が一匹……。

「いっ……あ、あぁっ……んあぁっ！」

喘ぎとも悲鳴ともつかない声を撒き散らす俺を、佐藤翁は背後からガンガンと犯す。

とても老人とは思えない律動に、長く伸ばした黒髪が跳ねる。

「はぁっ……あ、あぁっ……んあっ、ひっ……いぃっ」

「胡蝶や……犬にも、お前の素晴らしさを教えてやれ」

「……あっ」

ぐいと、髪を後ろから思いきり引っ張られて、俺は首を仰け反らせた。

歪んだ視界の先には、酷く怯えた様子の男。

俺は佐藤翁と繋がったまま布団の上を這いずって、男の足許へ肘をついた。

そして、逞しい太腿の奥で子供のソレのように縮こまったペニスへ、顔を寄せていく。

「……ふ」

男はきっと、何日も——いや、想像もつかないような長い月日を、この倉庫で鎖に繋がれて過ごしているのだろう。

鼻を突く饐えた匂いが、男がもう随分と風呂に入っていないことを告げていた。

それでも、俺は躊躇わない。

首を伸ばし、男のペニスを舌先でツンと突いてやった。

「……っ」

途端に、男がわずかに腰を引こうとする。

だが佐藤翁の叱責に、男はすぐに身体を硬直させた。

「んぁ……ふぁっん」

後ろから突き上げられながら、俺はどうにか男の萎えたペニスを口に頬張ることに成功した。

「この男の性器はな、目の前で母親が輪姦され、嬲り殺しにされるのを見て以来、もう何年も小用を足す役目しか果たしておらん」

息を弾ませて、佐藤翁が俺の背中に語る。

やわやわとしたペニスに舌を巻きつけながら、俺は「なるほど……」と思った。

きっと佐藤翁はこの男の目の前で、今みたいに残酷なセックスショーを何度も見せつけてきたんだろう。

男が恐怖に顔を引き攣らせる様を眺めつつ、美しい少年を壊れるまで犯す——。

そんな常軌を逸した行為でしか、佐藤翁の欲望は満たされないのだ。

そして、俺も同じ——。

違うのは、佐藤翁は他人を自分の猥雑な世界に引き入れることに、強い執着を抱くこと。

俺は、自分が一番大事だ。

自分を痛めつけてくれるなら、他人の目なんて必要ない。

一人じゃなく複数人を相手にするのも、構わなかった。

とにかく傷つけて欲しい。

詰って欲しい……それだけだ。

「胡蝶、お前なら、その役立たずのくせに無駄にデカい性器を、勃起させてやれるんじゃないかと思ったんだがのぉ……」

俺の腰をしっかりと抱え込んで、佐藤翁が口許を覗き込む。

「ふっ……んぐっ」

挿入が一気に深まり、ローターとバイブに胃と肺をぐりぐりと押し上げられた。

これで咥えたペニスが勃起していたら、俺は喉を突き破られていたかもしれない。

けれど、口に含んだペニスはいつまで経っても硬くならず、口の中でふにゃふにゃと頼りなく揺れるだけだった。

「う……うぅ」

上目遣いに見つめると、男が困惑と苦痛の表情を浮かべ、俺を見下ろしていた。

いくら愛撫しても勃起しないペニスを涎まみれにして、俺は恍惚の笑みを浮かべてみせる。

「……ううっ」

視線が絡み合った瞬間、男がわずかに顳かみを痙攣させた。

——ああ。

誰に何をされても反応しないという男が、今、確かに俺の視線に何かを感じていた。

表情は苦悶に歪み、咥えたペニスはやわらかいまま。

だが、男の瞳の色が、わずかだが変化したのを俺は見逃さなかった。

俺はそのときはじめて、苦痛以外の外部からの刺激に心が躍るのを感じた。

男が俺の視線に反応したことが、どうにもうれしくて堪らなかったのだ。

新たに知った悦びに、異物を尻に埋め込められて、ずっと勃起したままの俺のペニスが、よりいっそう硬くなる。

先走りが糸を引いて床に落ちる。

杖で打たれて皮膚が避けた背中に、ゾクゾクと甘い痺れが走り抜けた。

「胡蝶……感じておるな？」

佐藤翁が聡く、俺の反応を感じとる。

「中がキュウキュウ締めつけてきおるわ」

楽しげな声が、俺をさらに煽った。

佐藤翁が愛用の杖を再び手にし、俺の背中や尻、肩を律動に合わせて殴ってくれる。

「んっ……ぐぁっ……んむっ……んっ……ふぅんっ！」

尻を忌わしい玩具と佐藤翁のペニスに掻き回され、杖で身体を打たれながら、俺はかつてないくらいに興奮していた。

全身が溶けてしまいそうなくらい熱い。

それなのに、口に咥えた男のペニスは、微塵も熱をもとうとしないのだ。

なんだか腹が立って、焦れったくて……。

どうしようもなく、この男のペニスでいたぶって欲しいという願望が溢れ出す。

「おちんちん……おっきくして、俺に……突っ込んでぇ……っ」

背後から無茶苦茶に突き上げられながら、俺は身体を伸び上がらせた。

薄汚れた男の身体に縋りながら、涎にまみれた唇を、男の震える唇に押しあてる。

男の唇は、萎えたままのペニスと同じように、冷たかった。

「……っ」

「どうじゃ、胡蝶は美しいだろう？」

佐藤翁の声に、男が全身を緊張させるのが、重ねた唇と触れた肩から伝わってくる。

閉じることを許されない瞳から、大粒の涙が溢れた。

その様子を間近に見つめ、俺は熱っぽい息を吐く。

そして、頬を伝い落ちる涙を舌で掬っては味わうようにして嚥下した。

「おい……ひぃ」

　止めどなく溢れる涙を、俺はいつしか夢中になって舐めていた。

　腹の中で、佐藤翁の醜いペニスが痙攣している。俺が男の涙を吸い取るのを見て、興奮しているんだろう。

　男も分かっているようだった。

　痩せてはいるが衰えてはいない腹筋が、小刻みに震えていた。

　俺も、熱があるかのように、頭がボーッとしている。

　痩けた頬を舌全体でべろりと舐めながら、溢れる涙を舐めしゃぶった。

「アンタの涙は……甘いねぇ」

　男の眦まで舐め上げてから、微笑んでみせる。

「――っ」

　瞬間、まるで時間が止まったみたいに、男の表情が固まった。

　そのとき――。

　どこから入り込んだのか、桜の花弁が数枚、はらはらと舞い落ちてきた。

　そのうちの何枚かが、男の頬や肩に張りつく。

　気づけば俺の髪にも絡みついていた。

「胡蝶っ、よそ見するなっ」

ハッとするよりも先に、杖で背中をしたたかに打たれる。

「んあっ！」

声を放って背中を仰け反らせる。

髪が跳ねて、桜の花弁が落ちてしまう。

「おおっ……いい具合だ、胡蝶っ」

腹の中でオモチャが音を立てていた。

粘膜そのものが性感帯になってしまった身体に、甘い痺れが広がっていく。

「はっ……あぁっ、い、いいっ……」

男がまた、涙を零した。

漆黒の瞳で俺を見ている。

その視線を感じながら、俺は絶頂がすぐそこまで迫っているのを意識した。

「はっ……あぁっ」

佐藤翁の律動が細かく、速くなる。

杖を振り投げ、再び俺の腰をがっしりと摑んできた。

「あ、あぁ……っ！」

俺は泣く男の肩に腕を伸ばし、抱きついた。

汗と埃と、饐えた臭いが、どうしようもなく劣情をそそる。

眼下にちらりと見えた男のペニスは、やはりぴくりとも反応していない。くにゃりと縮こまって、まるでそこだけ死んでいるようだった。

「あ。あ、……もっ、イク……すご……あぁんっ……んあぁっ！」

ぐりっと、内臓が上下入れ替わるような感覚に襲われると同時に、激しい嘔吐感に苛まれた。けれど、ペニスはその刺激に応えるように、パンパンに膨れ上がる。

「ぐぉ……おおっ」

もののけの雄叫びが、背後で聞こえたかと思うと、俺は声をあげる間もなく射精していた。

熱い奔流をビタビタと音を立てて撒き散らし、絶頂に酔い痴れる。

腹の中に佐藤翁の欲望を注がれ、俺は恍惚のうちに意識を失った。

視界が闇に閉ざされる瞬間、俺は、男の無骨な指が、ひと筋の黒髪に絡んだ花弁を摘むのを、見たような気がした。


口の利けない男に対する俺の反応が余程気に入ったのか、佐藤翁はその後も俺を倉庫街へ連れ出すようになった。

佐藤翁が男の前で俺を犯したのは最初のあの日だけで、その後は他の少年や獣などと絡ませて、男に行為を見るよう命令した。

今までにもいろいろなプレイをしてきたけれど、薄暗い倉庫の中で、壁に繋がれた男に見られながらの行為ほど、興奮することはなかった。

自分の他には、傷つけてくれる相手さえいればよかったのに。

観客なんていてもいなくても同じだと思っていたのに……。

何故か俺は、口の利けない勃起不全の男の視線が気になって仕方がない。

男が苦しみ懊悩しつつも、まっすぐに俺の痴態を見つめているのが心地よくて堪らなかった。

そうして、数カ月が過ぎた、やたら蒸し暑い日のこと。

俺は佐藤翁に連れられて、海辺の倉庫街に来ていた。

倉庫の内部は適度に温度調整がされていて、外のように暑さで気が滅入ることはない。

年端のいかない少年と、頭の禿げ上がったメタボなオヤジとの3Pの後、俺はセックスの余韻と夏バテの気怠さのせいでうたた寝をしてしまった。

ふと目を覚ますと、周囲には少年もオヤジもいなくなっていた。

開け放った鉄の扉の向こうから、佐藤翁が誰かと話す声がかすかに聞こえてくるだけ。

目だけを動かして様子を確かめていると、視界の端で何かがこそこそと動く気配を感じた。

——なに？

わずかに身体を緊張させて、眠ったフリを続ける。

すると、床に流れた髪が、わずかに引っ張られたような気がした。

俺の背中には、壁しかない。

けれど、そこには、あの男が繋がれていた。

「……っ」

声なき呻きが、微かに聞こえる。

俺はそっと目を開いて、耳をそばだてた。

ジャラジャラと鎖が音を立てるたびに、男は動きを止める。

どうやら、扉の向こうの様子を窺っているようだった。

男は俺の髪をまだ引っ張っている。

——アイツ、何を……?

疑問が胸に湧いた、そのとき——。

はっきりと髪を撫でられる感触に、俺は思わず飛び起きてしまった。

「な……っ」

「——ッ！」

男が驚きに目を見開き、唇を戦慄かせる。

俺は惨たらしい情交の痕が残った身体を晒し、仁王立ちした。

男はまるで許しを請うように正座して手を合わせ、泣き出しそうな目で俺を見つめる。

「なんだよ、アンタ」

枷で鎖に繋がれた裸の男の股間は、相変わらず縮こまったまま。今日も一度として反応を示すことはなかった。

そこでふと、俺はあるものに目をとめた。

拝むように合わせた大きな手の中に、男が何かを隠し持っている。

「それ、何？」

歩み寄り、手を伸ばすと、男は咄嗟に手を背後に隠した。

「……うぁ」

怯えた顔で首を振り、頑として手の中のモノを俺に見せようとしない。

ムッとして、胸の中がザワザワと波立った。

俺は正座した男の股間に、右足を突き立てる。

「――――ッ！」

勃起はしなくても、神経は通っているらしい。

ペニスを思いきり踏みつけてやると、男の顔が苦渋に歪んだ。

「見せろよ」

壁の向こうに聞こえないよう、小声で促す。

男は痛みに唇を噛みながら、何度も首を左右に振った。

「見せろって言ってるだろ。じゃないと、佐藤翁に言いつけるけど？」

妖怪じみた老人の名を出すと、途端に男の顔色が変わった。

痛みに歪んだ表情は、恐怖の色に埋め尽くされ、背中に隠した手をおずおずと俺に向かって差し伸べる。

「最初から、言うとおりにすればいいのに」

呆れながら、俺は男の手の中から、ノートの切れ端のような紙に包まれたものを奪い取った。

「ぅ……っ」

男は困惑の表情を浮かべたまま、バツが悪そうに顔を背ける。

「なんだよ、こんな紙切れ……」

男が俺に素直に従わなかったのが、無性に腹が立った。

丁寧に折り込まれた紙を開いていくと、そこにはたった一枚の桜の花弁が挟んであった。

「は？」

思わず漏れた声に、男が身体ごと背中を向ける。

だが、すぐに鎖の音が響くのに驚いて、咄嗟に扉の向こうの気配を探った。

俺は男の怯えた態度には見向きもしないで、手の中の花弁を見ていた。

乾燥して、すっかり色褪せた花弁は、それでも辛うじて桜と分かる形を留めている。

「アンタ、こんなものを大事にとってあるなんて、どういう趣味してるんだ？」

まともな生活を送っていれば、きっと筋肉の発達したいい身体をしているであろう男を睨んで言う。およそ花なんか愛でるような性格には見えないのに、紙に包んで後生大事に持っているなんて、俺にはまったく理解できなかった。

「まさか、いつかここから出られたら……なんて思ってるワケ？」

嘲笑を浮かべ、俺は紙切れと一緒に花弁をぐしゃりと握り潰した。

「うぅ――ッ！」

すると、男が今まで見せたことのない表情で、俺に飛びかかろうとした。

鎖が音を立てて伸び、男は俺の腕に取り縋る。

「ばっ……、何しやがる！　放せよっ！」

立ち上がった男との体格の差に、俺は一瞬怯んでしまった。

一八〇を軽く越えるであろう長身に抱き竦められたかと思うと、男は紙ごと花弁を握り締めた俺の右手の指を、乱暴に引き剥がそうとする。

「ちょっ……分かった、分かったからっ！　放せってば、痛いだろ！」

言い放つと同時に、男はあっさり俺を解放した。

「馬鹿じゃないのか、こんなモノに必死になってさ」

吐き捨てながら、俺は男の目の前で丸めた紙を引き千切ってやった。

「――っ」

男がショックを受けて瞠目するのが、可笑しくて堪らない。

俺の身体やキスに反応しないくせに、こんな紙切れ一枚、花弁ひとつでそこまで動揺することはないだろう。

俺は男が無性に憎らしく思えた。

小さく千切った紙と花弁を、それこそ紙吹雪にして男の前で散らしてみせる。

「枯れてしなびたのより、こっちの方が綺麗だろう？」

男は無言だった。

文字どおり床に這いつくばり、舞い散った紙くずと花弁だったものを、必死になって拾い集めている。

太い指先が、小さな紙くずを拾う姿に、胸が焼け爛れるような痛みを覚えた。

「おい、俺を見ろよ」

命令しても、男は振り向きもしない。

ふと見れば、男は涙をたたえながら、紙くずを拾っていた。

「マジで、頭おかしいんじゃないのか。そんなのただのゴミじゃないか」

唾を吐き捨て、嘲りの言葉を向けても、男はまるで聞こえていないかのように俺を無視する。

直後、身体中の血が沸騰するような感覚に襲われた。

「おいっ！」

衝動に任せ、背中を丸めて蹲る男の脇腹を思いきり蹴り飛ばす。

慣れない行為に脛や足首が痛くて堪らなかった。

男はさらに身体を丸め、集めたゴミを守るように蹲る。

「ふざけんなっ！」

気に食わない——。

いつも泣きそうな顔で、俺が嬲られる姿を見ているくせに、こんなときだけどうして無視するんだ。

俺は気が狂ったように、男を蹴り続けた。

小さな呻き声を漏らしながらも、男はじっと耐え続けている。

それがまた、俺を苛立たせた。

「どうした、胡蝶」

異変に気づいたのか、佐藤翁が壁の向こうから姿を現した。

俺は応えもしないで、男を蹴り、唾を吐きかけ、それでも足りず、細い腕で殴ったりもした。

「はぁっ、はっ、はぁ……っ」

息があがって、腕を振り上げるのも面倒になるまで男を責め続ける。

佐藤翁は何も言わずに見守っているだけだ。

やがて疲れてしまった俺は、男の脇に膝をついた。

「なん……だよ、お前っ……」

殴られることに慣れていても、殴ることには慣れていない。

腕も足も痛くて仕方がないのに、興奮には繋がらなかった。

持て余した衝動を、俺は歪んだ性欲へとすり替えて、身体を丸めた男の耳許に囁きかける。

「なあ、アンタ……。本当に、喋れないの？」

言いながら、俺は男の下腹にできたわずかな隙間に腕を潜り込ませた。

「……っ！」

男が驚き、やっと俺の顔を見る。

筋肉に覆われた腿の向こう側に、縮こまったペニスを見つけ、俺は指先でくすぐりながら問いかけた。

「勃起、しない？」

男の顳かみと唇が、ヒクヒクと痙攣していた。

困惑し、怯えた表情が堪らなく俺を楽しくさせる。

それなのに……。

「……っ」

男はふいっと顔を背け、二度と俺の顔を見ようとしなかった。

「な――」

カッと頭に血が昇る。

生まれてから今まで、こんなに誰かに腹を立てたのははじめてだった。ろくでなしの両親にすら、ここまで怒りを駆り立てられたことはない。

「答えろよ！　この、クソ犬のくせに……っ！」

どうしてこんなに、腹が立つのか、自分でも分からない。

俺は激情に駆られるまま、ひたすら男を傷め続けた。

自分の手や足の感覚がなくなり、佐藤翁に止められるまで、ただひたすらに、男を殴り続けたのだった。

自分の快楽ばかり追い求めていたら、いつの間にか箍が外れてしまっていた。

限度のない痛みは、俺に死を与えてくれるよりも先に、絶望を突きつけたのだ。

それは、高級ＳＭ倶楽部『Butterfly』を始めて、二年が過ぎたある日のこと。

「椎崎組は、絶縁、除名処分にする」

死の瞬間にも似た絶頂を求めるあまり、俺は、客である現職の大臣を殺人犯に仕立てあげかけたのだ。

佐藤翁の死後、椎崎組という居場所を与えてくれた剣《つるぎ》だったが、ミスを犯した俺に容赦はなかった。

俺は絶望にうち拉がれ、いっそ死んだ方がましだと思った。

現に、剣に「殺してくれ」と懇願した。

だが——。

神様も悪魔も、俺に死という安直な結末を与えてはくれなかった。

俺は今、あの七階建てのビルを出て、外の世界で生きている――――。


京都のとある町屋の居間で、俺はいつの間にか居眠りしていた。

朝、どうしようもなく身体が疼いて、激しく抱き合ってそのまま眠ってしまったのだ。

「胡蝶」

低くしっとりとした声で呼ばれ、ぼんやりと瞼を開く。

そっと身体を覆うように友禅の打ち掛けがかけられ、俺は目を擦りながら起き上がった。

「……鈴《りん》？」

長かった髪は頭の形に添ってバッサリ切り、ベリーショートになっていた。

「そんなところで寝ていたら、風邪をひく」

鈴が困った顔で俺を抱き寄せる。

リン……と、鈴の音が鳴った。

鈴は今も、俺が贈った鈴をお守りのように身に着けている。

紅龍会を絶縁された俺は、あのビルを去った。

そして、香を売る店を、鈴と二人で経営している。

俺は顔ばかりの店主で、香司は鈴。

二人で暮らす小さな町屋が、店も兼ねていた。

ここが……この千年の都が、今は俺の棲む世界だ。

いつ、鈴が調香の仕事を身につけたのかは知らない。

聞けば、新宿で『Butterfly』を始めてしばらく経った頃には、研究者たちとともに調香していたと教えてくれた。

つまり、俺はもうずっと、鈴が作った匂いを身につけていたのだ。

「冷えたらすぐに腹を壊すくせに……」

「だったら、鈴があたためてくれればいい」

「……胡蝶」

「店なんか、閉めればいい。どうせ予約の受け付けしかできないんだから」

鈴の香は、開店直後から評判を得ることができ、数カ月の予約待ちという状況だ。

おかげで俺は店に出ても、予約を受けるか、商品を引き取りに来た客の相手をするばかりで、店主らしいことはほとんどしていない。

鈴は調香の他に事務もこなしてくれるので、俺は本当にただの看板でしかなかった。

有り難いことに、俺の容姿は今も変わらず、人を引き寄せることには秀でているらしい。

「鈴」

強く言って、上目遣いに見つめる。

身体はすでに欲情して、身につけた匂い袋から伽羅の香りが強く立っていた。

椎崎組の解散が決まったとき、俺ははじめて、ちゃんと鈴に抱かれた。

あの日まで、鈴はいったいどんな気持ちで、俺のそばにいたのだろう。

勃起不全が治っても俺に明かさず、欲情を抑え込み、俺への想いをひた隠しにして、黙ってそばに仕え続けてくれた。

鈴は、俺をあらゆる意味で救い出すことだけを支えに、生きていたという。

あの閉ざされた地獄のような環境で、どうしてそこまで強い想いを抱き続けられたのか……。

——痛めつけられることしか考えてなかった俺とは、まるで違う……。

「なあ、鈴……」

逞しい胸に顔を埋め、俺は長い間、胸に秘めていた疑問を口にした。

「お前、なんで俺のところに来たんだ……?」

はじめて会ったとき、俺は一目惚れされるような綺麗な人間じゃなかったはずだ。

それに、倉庫で俺から受けた仕打ちを思えば、憎まれこそすれ、好かれるなんておかしい。

「どうしたんだ、急に」

鈴は俺の頭を撫でながら、静かに問い返してきた。

こんなもどかしいほどの優しさで包み込んでくれる、鈴の心が俺には分からない。

「お前……俺のこと、憎くないの？」

ビルに閉じ込められてからも、俺は何度か鈴のペニスを勃たせようとしたり、無理矢理に声をあげさせようとしたことがある。それは暴言を吐きかけたり、暴力に訴えたりと、様々な手段を講じて行われた。

そのたびに、鈴は大きな身体を丸めて蹲り、ひたすら耐え続けたのだ。

俺が息を切らしてくたびれるまで、鈴は一切、抵抗しなかった。

そうして、疲れ果てた俺を、鈴は優しく抱き上げてベッドへ運んでくれた。

あの頃から、心配そうな、悲しそうな、今にも泣き出しそうな黒い瞳に見つめられると、どうしようもなく遣る瀬ない気持ちでいっぱいになったのを覚えている。

「そうだな……」

ひと言呟いて、鈴は俺を軽々と抱き上げると、奥の和室へ運んだ。

最初から俺を寝かせるつもりでいたのだろう。すでに布団が敷かれてあった。

「愛し過ぎて、憎らしく思うことは、なくもなかった……」

鈴は相変わらず、表に感情が出にくい。

「なに、それ。どういうこと？」

布団に横たえられながら問い返すと、鈴は少し困った顔をした。

「好きな相手が、自分以外の男にすすんで身を差し出すのを見て、憎らしく思わない男はいないと思うが」

ふだんは口数の少ない男だけれど、俺といるとき、鈴はこうして饒舌になることがある。

そんなとき、厚い唇から紡ぎ出される台詞は、恥ずかしくなるほど甘いと決まっていた。

「……馬鹿じゃないのか」

俺は、甘い言葉にまだ慣れない。

今でも、淫乱だとかビッチだとか、罵られる方がマシだと思ってしまう。

それでも……。

「胡蝶、怒ったのか？」

そっぽを向いた俺に、鈴が不安げな声を漏らす。

まったく、この男は図体に似合わず本当に気が小さい。

俺は少しだけ焦らすように間をおいてから、ゆっくりと鈴を見上げた。

「怒っていないし、二度と……鈴以外の男にこの身体を触らせたりなんかしない」

キッと睨みつけるようにして告げると、鈴が途端に眉尻を下げた。

嬉しそうなとき、鈴の顔がくしゃくしゃになるのが、俺は言葉で表せないくらい好きだ。

「なあ、抱いてくれよ」

朝の情交の疲れが残っていたが、本能には抗えない。

「ああ」

鈴が目を細めて頷く。

「お前が望むなら……」

そう言うと、鈴は大きな掌で俺の頬を優しく撫でた。

鈴は、けっして俺を傷つけない。

鈴とのセックスは糖蜜のように甘く、俺をとろとろに蕩かしてしまう。

髪を梳く手が器用で優しかったように、鈴の愛撫は泣きたくなるくらいに優しくて甘い。

「……ん」

首を伸ばして、厚い唇を塞いだ。

店の戸締まりなんか、どうでもいい。

わざわざ店から坪庭を通って、奥まで顔を出す客なんてそうはいない。

盗みに入られたって、店には商品は置いていないし、現金だってこの部屋の押し入れの中だ。

「鈴……抱いて」

セックスは暴力、快感は痛みだとばかり信じていた俺を、鈴は焦れったいほど甘美な交わりを繰り返すことで一八〇度変えてしまった。

抱き合う喜び、肌を重ねる心地よさ、互いに求め合う快感を、鈴は執拗な愛撫でもって俺に仕込んだのだ。

伽羅の香りに包まれ、鈴の逞しい身体に抱かれる快感は、かつて味わったどんな苛烈な痛みよりも、俺を幸福で満たしてくれる。

「俺がやめてって……言うまで、ずっと抱いていろよ」

囁くように言って、鈴の唇に歯を立てる。

すると鈴が困笑した。

「俺は、お前の犬だ。逆らったりなんかしない」

甘い囁きに、俺はうっとりと身体の力を抜いた。

鈴が友禅の打ち掛けを丸めて畳の上に放り投げる。俺に触れるときはとても丁寧なのに、こんなときは乱雑だ。

「……鈴っ」

呼べば、リン……と鈴が鳴る。

俺は夢中で、鈴の作務衣の胸許をはだけた。逞しく隆起した胸に頬を寄せ、そのぬくもりを確かめる。

「胡蝶……愛している」

鈴はいつも、俺に安堵をくれる。

ぬくもりをくれる。

優しいセックスと、幸福感に満たされた快感をくれる。
「うん」
けれど、俺は答えない。
まだ、愛するということが、よく分からないのだ。
それに、俺には自信がない。
ずっと狂ったまま生きてきた。
そんな俺に、鈴の想いに応えられる自信なんかない。
だからといって、鈴を手放すつもりもなかった。
何故なら、俺はもう――――。
「……胡蝶」
顳かみに、鈴の唇が触れる。
それだけで、俺の浅ましいペニスは充血し、硬度と密度を増していった。
もう、この声なしには、生きていけない。
この男のいない世界でなんか、生きる意味がない。
「んっ……あぁ……」
目尻を掠めて、鈴は触れるか触れないかのキスを俺の顔中に落としていく。
少しかさついた唇が触れた箇所が、まるで小さな火を点したかのように熱くなる。

そうしてその熱はゆっくりと全身に広がっていくのだ。

「あっ、りん……っ」

やがてやわらかな口付けは、ゆっくりと劣情を帯びていく。

やっと唇同士が重なったかと思うと、鈴はおもむろに俺の下唇を噛んだ。

「んっ！」

痛みというほどの強さのない甘噛みに、ペニスが完全に勃起する。

朝、抱き合ったきりずっと裸だったから、俺の勃起したペニスは隔てるものなく鈴の下腹に触れている。

「鈴っ……あ、触って……」

すぐに先走りを滲ませる亀頭を、鈴の作務衣に擦りつけながら、俺は喘ぐように懇願した。

そうでもしないと、鈴は優しい微笑みを浮かべながらも、俺の触れて欲しいところになかなか触れてくれないのだ。

「ああ、分かってる」

けれど、今日は違った。

鈴は伽羅の匂いが染みついた大きな手で、俺の細身のペニスをやんわりと包み込んだ。

「……あぁっ」

大きなぬくもりに包まれ、背筋が……いや全身が総毛立つ。

「鈴っ……もっと、もっと俺に触って……っ」

「触ってるだろう?」

言いながら、鈴は俺の腰を抱いてグイッと引き寄せた。

裸の胸に、脚に、下腹に、鈴の逞しい身体が密着する。

いったい、鈴はいつ、作務衣の下を脱いだのだろう。

「あ」

触れた鈴の股間の熱さに、俺は思わず目を見張った。

「胡蝶……あまり俺を、煽らないでくれ」

そっと、けれどしっかりと俺を抱き締めて、鈴が苦しそうに顔を歪める。

「お前を傷つけたくない……」

「……え」

鈴が俺に抱く想いは、強く重い。

勃起不全が治ってからも、けっして俺の前で欲情してみせなかったその精神の強さを、俺はよく知っている。

「お前の好きなように抱いていいんだ。俺は……お前に抱かれるの、好きだから」

痛みも苦しみもない、ただひたすらに優しく甘い、天国のようなセックス。

俺はそれを鈴に与えられて、はじめて知った。

身体を傷つけて得る感覚が快楽だと、信じ込んでいた頃がまるで嘘のようだ。

自分でも、可笑しくて笑えてくるくらい、すっかり嗜好が変わってしまった。

「そう言えば、鈴？」

作務衣の上を脱ぐために身体を起こした鈴をうっとりと見上げ、俺はふと頭に浮かんだ疑問を口にした。

「いつから……話せるようになってた？」

一瞬、鈴が動きを止める。

そして、どこかバツの悪そうな表情を浮かべ、そろりと視線をそらした。

「剣さんが椎崎組がなくなるって伝えに来た日、いきなり声が出た……わけないよな？　だって、その前から剣さんと……」

当時を思い返しながら首を捻っていると、突然、鈴が脱いだ作務衣を部屋の隅に勢いよく投げ飛ばした。

リリ……リン、と。

鈴の音がいつになく大きく部屋に響く。

「困ったな……」

そう言って溜息を吐き、鈴は頭を掻いた。

ほどよく隆起した胸筋と割れた腹に情欲を誘われながらも、俺はしつこく問い重ねる。

「いつからだよ、鈴」

少し口調を強めると、鈴は珍しく怒ったように眉間に皺を寄せた。

「もう……そのことは、忘れてくれ。胡蝶」

「でも……っ」

深く唇を重ねられて、声を呑み込まれる。明らかに答えを拒む行動だったけれど、俺は怒る気にならなかった。

怒るなんていう負の感情に惑わされるより、鈴との甘いセックスに溺れた方が余程いい。

だいたい、今、鈴はちゃんと俺と話をしている。

今さら過去の疑問を追求したところで、あの頃に戻って鈴の声を聞けるなんてことはないのだから……。

「んっ……あ、あぁっ……」

鈴は器用に腰を揺らし、互いのペニスを擂り合わせながら、ゆっくりと口付けを下方へと移していった。

顎を軽く吸ったかと思うと、そのまま首筋を辿って小さな喉仏に舌を這わせる。

「ふぁっ……」

くすぐったさに肩を竦め、薄目を開けて鈴の様子を窺った。

視線の先に、薄く微笑む鈴の優しい顔を認めて、胸がじわりと熱くなる。

「もっ……焦らす、なっ」

痛みが欲しいわけじゃない。

ただ、ふだんは甲斐甲斐しく従順な犬の顔を見せておいて、いざセックスになると鈴は途端に意地が悪くなる。

「だって、胡蝶。お前がそんなふうに縋って求めてくれるのが、俺には堪らなくかわいらしいんだ。もっと見ていたいと思って……つい」

ふわりと微笑んだかと思うと、鈴はおもむろに俺の乳首に吸いついた。

「ば……かっ！」

胸の小さな突起から、まるで津波のような快感が身体中へと広がっていく。

知らず鈴の逞しい腰に両足を絡ませて、ぎゅっと締めつけて喘いだ。

「んぁっ……あ、や……ソコ……ッ」

ちゅくちゅくと、鈴は執拗に右の乳首を吸う。そして反対側は、器用な指先で転がしたり摘んだりして、刺激を途切れさせない。

「ふぁっ……あぁっ！　や、ぁ……あぁっ、鈴っ……りん……ぅ」

布団に後頭部を擦りつけるように頭を振って、俺は甘い快感に我を忘れて声をあげてしまう。

鈴に抱かれるまでは、乳首なんて傷めつけるための器官でしかなかった。

それなのに、今ではすっかり敏感すぎる性感帯になってしまった。

「胡蝶の好きなところを、たくさん弄ってやるから」

熱っぽい吐息交じりの声が、鼓膜をいやらしく震わせる。

作務衣にでも仕込んでいたのか、鈴の音はもう聞こえない。

「ぃやだっ、やぁっ……もぉ、黙れ……っ」

まさか、声だけで感じるようになるなんて、ほんの数カ月前までは想像してもいなかった。

痛みに喘いで流す涙より、感じ過ぎて流す涙の方が、うんと甘いと鈴は教えてくれた。

苦痛に吐き出す叫び声よりも、快感に漏れる嬌声の方が、相手だけでなく自分まで幸せにしてくれると、鈴に抱かれてはじめて知った。

「すまない、胡蝶。頼むから……感じてくれるだけでいいんだ」

鈴はそう言って、無言になる。

「鈴ッ！」

俺は途端に不安になった。

鈴の身体をしっかりと抱き締めて、放すなと縋りつく。

「馬鹿か！　こういうときの『イヤ』は……気持ちいいって……意味だろっ！」

羞恥に耐えながら告げると、鈴がぽかんとした表情で見つめる。

何年も鈴の声を知らずに生きてきたけれど、今となってはもう、鈴の声を聞かずに生きるなんてとてもじゃないが無理だ。

「黙らなくても、いいのか？」

鈴は俺の短くなった髪をそっと撫でると、肩にまわした俺の腕を解いた。そうして、互いの右手と左手を繋ぎ、指を絡ませる。

「いい……。お前の声、いっぱい……聞きたい」

「……分かった」

そうやって、鈴は再び俺に優しい口付けをくれた。

「ん……っ」

口付けを解くと、鈴はもう一度乳首をしっかりと愛撫してから俺の下肢を弄り始めた。

細く白い脚を、鈴の逞しい腕で大きく広げられると、あり得ないほどの羞恥を感じる。

他人に対して恥ずかしいなんて感情を抱いたのも、鈴に抱かれるようになってからだ。

鈴の左手は、俺がしっかりと握り締めている。

だから鈴は肩を入れるようにして俺の腿を押さえ、右手だけで尻を愛撫した。

そろそろと腰から尻の丸みを辿って撫でられると、そこから奇妙な快感が広がる。

今まで尻に触れられて味わったことのない頼りない快感に、勃起したペニスがたらりと先走りを零すのが分かった。

「あ、……や、あぁっ……」

鈴の身体が動くと、伽羅の匂いがいっそう濃くなっていく。

尻の割れ目をそろそろと撫でていた指が、袋をやんわりと包み込んだかと思うと、熱くねっとりした粘膜にペニスが包まれた。

「あぁ……っ！」

鈴の厚い唇が、俺のペニスを咥えたのだ。

直接的な刺激に、思わず腰が浮く。

「あぁ……っ！　や、あ……気持ち……いぃっ……すご……い、あ、鈴っ……り……ん」

堪らず、繋いでいない方の腕を伸ばし、鈴の黒髪を鷲摑んだ。短く刈り上げられた髪を、俺はがむしゃらに掻き乱す。

「……んっ」

唾液を絡ませながら、鈴は喉奥深くまで俺のペニスを呑み込んで、絶妙な加減で吸い上げた。

「ひぁっ……あ、あぁっ……やぁっ……んあぁっ！」

凄絶な快感に、声がひと際高く跳ねる。

ねっとりと舌で幹を舐め上げられ、窄めた唇で先端の丸い部分をきゅっと吸われると、もうどうしようもなかった。

あまりの気持ちよさに思考は混濁し、繋いだ手のぬくもりと鈴の体温、そして身体中を包み込む強烈な快感だけに支配される。

「鈴っ……あ、あぁっ……りん……っ！」

身体の表面が火に炙られたみたいに熱くなっているのに、内側がすっぽりと空っぽになったようで切なかった。

何度も喘ぎ交じりに鈴の名を呼んで、早く欲しいと訴える。

どんなにいやらしい玩具よりも、今は鈴のモノだけが欲しかった。

「はやくっ……、はやくっ」

駄々をこねる子供よろしく、俺は鈴の髪を引っ張ってせがんだ。

鈴は黙ったまま、俺の腿をそろりと撫でている。

やがてその手はまた尻を撫で始め、そうしてようやく、割れ目の奥の窄まりに触れた。

「はぁ……っ」

期待に、肌が戦慄く。

ペニスを咥えたまま、鈴は器用に俺の身体を解きほぐしていく。

俺は切なさともどかしさに、鈴と繋いだ手に力を込めた。

すかさず、鈴もそれに応えて握り返してくれる。

「んっ……ふ、あ、あぁ……っ」

尻に挿入された指が、じわりじわりと、痛みなどわずかも感じさせずに奥へと進んでいく。

粘膜を優しく愛撫されて、下腹が痙攣する。

前立腺でもないのに、鈴が触れる腹の中すべてが、敏感な性感帯になったようだ。

「ひっ……ん」

気づけば、鈴は勃起して震える俺のペニスから口を離して、まるで観察するような目で俺を見つめていた。

「胡蝶……っ」

上擦った声に、鈴が俺を欲しているのだと覚る。

腹の奥を掻き混ぜる指の動きは果てしなく優しいというのに、尻朶に当たるペニスの熱さは尋常じゃない。

ゆるゆると探るようにペニスを擦りつけながら、鈴は深呼吸を繰り返している。

「……っ」

きっと、指は三本挿入されている。

鈴のペニスは大きいから、いくら太い指でも三本じゃまだ足りない。

だから鈴は、俺と身体を繋ぐときは、酷く念入りにこの作業を続けるのが常だった。

「り、ん……っ」

けれど、今日は何故か、待てる気がしなかった。

今すぐにでも、鈴とひとつになりたくて仕方ない。

「もう、いい……」

涙の浮かんだ瞳を向けて告げると、鈴は首を振った。

「大丈夫……。痛くして欲しい……わけじゃない……」

鈴の不安を、俺はちゃんと理解している。

また、あの狂った世界に暮らしていたときのように、俺が痛みを欲していると勘違いしているのだ。

「はやく、鈴が欲しいだけだから……っ」

言って、俺は微笑んでみせた。

そうして、繋いだ手に再び力を込める。

「こ……ちょう」

鈴は恐る恐るといった様子で、俺の名を呼んだ。

戸惑った顔が、本当に犬みたいで滑稽だ。

でも、そんな鈴が、俺は堪らなく欲しかった。

「早くお前と、ひとつになりたい」

乱れた呼吸を整えて、しっかりと鈴の漆黒の瞳を見据えて告げる。

すると鈴は、数秒の間、躊躇していたが、やがて花が咲くように表情を綻ばせた。

「胡蝶」

低く落ち着いた声で名前を呼んで、鈴がそろりと繋いだ指を解く。

その先の行動を理解していたから、俺もおとなしく指を解いた。

「痛かったら、ちゃんと言え」

「……ん」

素直に頷いて、待ち詫びた瞬間に想いを馳せる。

鈴にゆっくりと両脚を抱え上げられ、骨の浮いた腰を引き寄せられた。

唾液と香油を念入りに俺の窄まりと、鈴のペニスに塗りつけてから、先端を宛てがわれる。

「胡蝶、愛している」

繋がるとき、鈴はいつもこの言葉を口にする。

俺はただ、頷くことしかできない。

「……んっ」

丸みを帯びた先端に、ほんの少し押し入られただけでも、強烈な圧迫感を感じた。

けれど、けっして辛くも痛くもなく、期待ばかりが膨れ上がる。

「胡蝶っ……ああ、凄い……」

鈴が喉を喘がせ、息を吐く。

焦れったいほど挿入に時間をかけて、ゆっくりゆっくりと繋がり合う。

出会ってから、こうして触れ合うようになるまで、何年もの歳月が必要だったように——。

「鈴……っ」

鈴のすべてを受け入れて、俺は再び逞しい身体を抱き締めた。

何故か、涙が溢れて止まらない。

鈴はもう「痛むのか?」なんて野暮なことは訊かなかった。きっと、俺の涙の理由をちゃんと理解しているのだろう。

代わりに、そっと抱き返してくれた。

そして、優しく何度も口付けて、そろそろと腰を揺らし始める。

「き……もちよく、して――っ」

徐々に激しくなっていく律動に、声が跳ねた。

鈴は無言で、頷く。

まっすぐに俺を見つめる瞳が、ただただ、愛しいと思った。

「ああ……っ」

頷くなり、鈴は俺の下肢を高々と抱え上げた。

そして、真上から突き落とすようにして、腰を叩きつける。

「んあぁ……っ! ふ、深い……いっ」

目の前に、星が舞う。

その向こうで、快感に耐える鈴の悩ましい表情が見えた。

「鈴っ……あ、もっと……俺の中……はいって……きて……」

「胡蝶……胡蝶っ。ああ……俺の……ものだ……っ」

鈴がセックスの最中に喘ぐことは、珍しい。

だから、余裕なく上擦った声と、悩ましげな表情に、俺も残っていた理性の欠片を手放してしまう。

「はぁ……っ！　お腹……中……鈴で……いっぱい……あ、あっ……気持ちいぃ……イク……すぐに……イッちゃ……う……っ」

いつになく早く訪れた絶頂の予感に、俺はふるふると首を振った。

「いや……だ、鈴っ！　まだ……まだイきたくな……あ、もっと俺の中に……いて……っ」

涙を流して懇願する俺に、鈴が身を屈めて汗まみれのキスをくれる。

「大……丈夫だ、胡蝶。何度でも……望むままに……くれてやる」

唇を触れ合わせたまま、歯がぶつかる無様なキス。

それでも俺は、この上ない快感を味わっていた。

「ぅん、うん……もっと、もっといっぱい……鈴を……ちょうだい……っ」

応えるように、鈴の律動が激しくなる。

深く腰を折られ、俺は眼前に、みっともなく先走りを流す自分のペニスを見ていた。

赤く腫れて、痛々しい。

けれど、とても気持ちよさそうだ。

「あっ……だめ……イク……ほんとに、出る……出ちゃう……鈴っ……もぉ……駄目ぇ――」

絶叫した直後、俺は顔面に夥しい量の白濁を浴びていた。

そして、ほんの一瞬遅れて、腹の中に灼熱の欲望がぶちまけられるのを感じたのだった。


「鈴」

檜の湯船に、鈴に抱かれて浸かっていた。

鈴に髪を洗って梳かしてもらうのは、椎崎組のビルに暮らしていた頃と変わらない。

これは俺が言い出したのではなく、鈴からの提案だった。

大きな手で優しく髪や身体に触れられるのが、何よりも気に入っていた俺に、断るなんていう選択肢はなかった。

鈴と一緒に風呂に入る心地よさは、セックスとはまた違った幸福感を俺にくれる。

「ん？」

あの頃と違って、髪を洗う時間は随分と短くなってしまったけれど、鈴は今の髪型も好きだと言ってくれた。

「で、いつから話せるようになってたんだ？」

セックスで誤魔化された疑問を、俺は再びぶつけた。

今度は逃がさない——とばかりに、俺の腰の下でやんわりと勃起しかけているペニスを握って脅す。

「……痛っ！」

鈴は顔を顰めて、俺を恨めしそうに見つめた。

「答えるまで、このままだから」

「こ、胡蝶……っ」

狼狽える鈴の表情が、可笑しくて堪らない。

こんな顔をするなんて、はじめて知った。

もしかしたら、まだまだ知らない顔があるのかもしれない。

「ほら、答えろよ」

「……うぅっ」

鈴はますます顔を顰め、今にも泣き出しそうだ。

「さ……佐藤翁が亡くなって、剣さんに助けられたとき……」

渋々といった様子で、鈴が口を開いた。

「お前のもとで働きたいと訴えたくて……焦って、……そしたら、声が——」

「え」

驚いた。

そして、恥ずかしかった。

嬉しさに顔が火照って、どうすればいいのか分からなくなる。

羞恥という感情を、嬉しいときにも感じるなんて、知らなかった。

鈴が、俺のために……俺のそばにいたいあまりに、失った声を取り戻しただなんて……。

「胡蝶？」

鈴が不安げに顔を覗き込もうとするのに、俺は湯が顔につくくらい俯いて拒んだ。

「馬鹿っ。見るな！」

顔が熱くて、どうしようもない。

多分、鈴の告白が嬉しいと思うくらいには、やっぱり……好きなんだろう。

そして、鼻先を湯で濡らしながら、ふと思う。

いつか鈴に、同じように「愛している」と言ってやれる日がくればいい――と。

あとがき

こんにちは、四ノ宮慶です。『暁の蝶』を手にとってくださり、ありがとうございます。まさかこのお話を商業で、しかも、商業作二十冊目というタイミングで世に出していただけるとは、夢にも思っていませんでした。桜雲社様には電子レーベルのミルククラウン様で長年お世話になっており、モノは試しとかつて同人誌で発表した『暁の蝶』を担当さんに送ったところ、思いがけず書籍化のお話を頂戴したのです。もちろん、私は一も二もなくお受けしました。

『暁の蝶』を発表したのは、五年ほど前になります。サイト時代に連載していた『地獄の天使』という長編、そして花丸文庫BLACKレーベルで出していただいた『形代の恋』のスピンオフにあたるお話です。商業作では無理な内容だろうと、同人誌で二回にわたって好き勝手に書いた物語でした。

【痛い、暗い、重い】お話はなかなか読者さんに受け入れられないという昨今、「本気ですか?」と不安顔の私に、担当さんは「王道からは外れるけれど、好きな人はすごく好き! という、クセのある作品を出していきたい思っているのです」と、心強いお言葉をくださいました。

どんなジャンルだろうと、商業作では読者さんに楽しんでもらうことを第一に考え、そしてその中に四ノ宮慶らしさを盛り込んでお話を書く努力をしているつもりです。

ですが、今回のお話は『これが俺の愛。これが俺の萌えのかたち』とばかりに、四ノ宮慶らしさを前面に押し出し、読者さんの反応を窺うような作品となっています。

……とはいえ、やはり商業作なので、最後は同人誌版よりもより甘くラブラブなエンディングとなりました。内容はほぼ同人誌版と変わりないのですが、細かい部分や矛盾点などを加筆修正し、よりハッピーエンドを感じていただけるようラブを増量しました。

読者さんがどんな感想をお持ちになるのか、正直、不安しかありません。ですが、ある意味本当に四ノ宮慶らしい作品をこうして書籍として出していただけたことが、今はとても嬉しいです。

装画を担当してくださった笠井あゆみ先生。ラフで拝見した胡蝶と鈴は、まさに私が思い描いていた姿で、あまりにも嬉しくてモニターの前で噎び泣いてしまいました。甘々でアクロバティックな構図の口絵も本当にありがとうございます。

『形代の恋』のスピンオフにあたる今作の発行にあたって、快くご協力くださった花丸編集部の担当Sさん。本当にありがとうございます。佐藤翁の変態ぶり、久々にご堪能ください。

そして、言葉では言い表せないほどのご尽力をくださった、担当Iさん。この作品を陽の当たる場所に出してくださって、本当に、本当にありがとうございました。せめて、少しでも多くの方に読んでいただけることを祈るばかりです。

最後に、読者の皆さん。是非、ご感想を編集部にお送りください。この作品に携わってくださった編集部の皆さんにも、読者さんのお声を届けていただけたら嬉しいです。

この度は本当にありがとうございました。またどこかでお会いできますように……。

二〇一七年十二月吉日　四ノ宮慶

Milk Crown

暁《あかつき》の蝶《ちょう》　2018年1月30日　第1刷発行

著者　四《し》ノ《の》宮《みや》慶《けい》

イラスト　笠井あゆみ
カバーデザイン　山本ユミ［La Pie désign］
デザイン・DTP　伊藤あかね

発行者　難波千秋
発行所　株式会社 桜雲社
〒160－0023
東京都新宿区西新宿8－12－1ダイヤモンドビル9F
TEL：03－5332－5441
FAX：03－5332－5442
URL：http://www.ownsha.com/
E-mail：info@ownsha.com

印刷・製本　株式会社 ダイトー

　ISBN978-4-908290-46-6